湯けむり食事処
ヒソップ亭2

秋川滝美
Takimi Akikawa

講談社

目次

カバーイラスト　げみ
装幀　坂野公一（welle design）

湯けむり食事処　ヒソップ亭2

新しい仲間

二月四日の朝、真野章《まのあきら》が『ヒソップ亭《てい》』の外に出てみると、根谷桃子《ねやももこ》が鼻歌まじりに掃除をしていた。

ちなみに『ヒソップ亭』は創業七十年の温泉旅館『猫柳苑《ねこやなぎえん》』の中にある食事処《どころ》で、章はその店主、桃子は『猫柳苑』と『ヒソップ亭』の両方で働く従業員である。

桃子は、以前父親が料理長を務めていた縁で『猫柳苑』で働き始めたが、章が前の職場を理不尽に首になり、幼なじみの勝哉《かつや》夫婦に拾われるように『ヒソップ亭』を開いたあとは、両方で働くことになった。少々口は悪いが、明るくて働き者の桃子は客たちにも人気があり、『猫柳苑』『ヒソップ亭』のいずれにとってもなくてはならない人材だった。

「桃ちゃん、お疲れさま」

「ありがとうございまーす！」

元気いっぱいに言葉を返す桃子の手には箒《ほうき》とちりとりがあった。そして、ちりとりの中には炒り豆——昨日は節分で、商売繁盛と疫病退散の願いを込めて撒かれたものである。

『猫柳苑』の主かつ章の幼なじみでもある望月《もちづき》勝哉、雛子《ひなこ》夫婦は昔から縁起を担ぐタイプだ。撒いてすぐに掃除してしまうのはあんまりだ、せめて一晩ぐらいは……と、そのままにしたものの、建物内の廊下では掃除をしないわけにもいかず、客が起き出すぎりぎりの時間に拾い集めているのだろう。

章が、これまでなんとかやってこられたのは、勝哉夫婦はもちろん、桃子の助けがあってこそだ。大急ぎで掃除をしている桃子に改めて感謝しつつ、章は『食事処　ヒソップ亭』と書かれた暖簾《のれん》を掛ける。そろそろ『ヒソップ亭』の朝の営業が始まる時間だった。

カウンターの中に入ったものの、客はまだ来ていない。サービスで出している『猫柳苑』の朝食の準備は終わっているし、料理が足りなくなって作るとしても、少し先のことだろう。手持ちぶさたのあまり壁に貼られたカレンダーに目をやった章は、今日の日付のところに小さなハート印があることに気づいた。

桃子が大喜びで書き入れた、新しい従業員の初出勤を示す印だった。

——そうか、今日から安曇《あずみ》さんが来てくれるんだった……

しばらく前から、章と勝哉夫婦、あるいは桃子も含めて『猫柳苑』の夕食提供が話題に上ることが増えていた。

『猫柳苑』は五年ほど前、料理長だった桃子の父親の引退を機に夕食の提供をやめた。夕食代がなくなれば一泊あたりの単価が下がる。外の飲食店を自由に利用できるし、経済的な負担が減って喜ぶ客が多いのでは……と考えてのことだ。おそらく、温泉さえあればという風呂好きの客を狙っていたのだろう。

経営者夫婦の考えによるものだし、そもそも『ヒソップ亭』は夕食の提供をやめるにあたって、館内で食事をしたい客のために設けられたという経緯がある。それもあって章も口出しせずにいたのだが、これまでの常連客がよそに鞍替《くらが》えしたと知って危惧感《きぐかん》を抱いた。

温泉に来るからにはとことんのんびりしたいと考える客は多い。小さい子どもを持つ家庭や、家事に忙しい人にとってはやはり上げ膳《ぜん》据え膳《ぜん》は魅力的な要素……ということで、夕食を復活させてはどうか、と提案したのだ。

提供は『ヒソップ亭』が請け負うし、夕食がつくことで離れた客が戻る可能性もある。勝哉夫婦の恩に報《むく》いたい気持ちと同時に、客が増えれば『猫柳苑』も『ヒソップ亭』も潤《うるお》うという思いからだ。

ところが、そんな章の提案に勝哉はいい顔をしなかった。桃子が手伝っているといっても『ヒソップ亭』の料理人は章ひとりしかいない。ただでさえろくに休めていないのに、この上夕食の提供を始めたら、章の身体《からだ》が持たない、と言うのだ。

自分は長年飲食業に携わってきたから、身体だって慣れている、という言葉に一切耳を貸さず、平行線を辿《たど》っていたある日、若い役者川西泰彦《かわにしやすひこ》が『猫柳苑』を訪れた。川西は無理をして痛めた身体を癒《い》やすために来たのだが、『ヒソップ亭』で話をしているうちに、料理人の幼なじみがいることがわかった。

沢木《さわき》安曇という幼なじみは、今は鶏料理店でパートをしているが、ほかの料理も学びたいと考えているとのこと。この人が『ヒソップ亭』に来てくれれば章の負担が減って、『猫柳苑』の夕食復活の道が開けるかもしれない。ということで、早速川西を通して打診してみたところ、幼なじみは快諾、『ヒソップ亭』で働いてもらうことが決まったのである。

そんなわけで、今日は安曇の初出勤日だ。本当は二月一日から来てほしかったが、現在働いている鶏料理店のシフトはすでに決定済み、一日は外せない私用があるとのことだった。

「大将、安曇さん今日からですね！」

箒とちりとりを手に、桃子が『ヒソップ亭』に入ってきた。あまりにも笑顔が明るくて、思わず微笑んでしまう。

「ものすごく嬉しそうだな」

「当たり前じゃないですか」

章としても、桃子が喜ぶことぐらい予想していた。桃子は、川西から話を聞いて『ヒソップ亭』を見に来た安曇をすっかり気に入り、彼女が来るのを今か今かと待っていたのだから……

それでも心のどこかに微《かす》かな懸念があった。なにせ桃子の父親は料理人、その背中を見て育った桃子も一時は同じ道を考えたと聞いていた。安曇を働かせるにあたって、桃子の気持ちを確かめ、あっさり料理人は諦めたと言っていたとはいえ、いざ彼女がやってくるとなったら複雑な気持ちになるのではないか、と思ったのだ。

ところが、立春が近づいても、当日の朝になっても桃子の上機嫌は変わらない。変わらないどころか、度を増してすらいる。章としてはほっとする半面、これでは心配した自分が馬鹿《ばか》みたいだ、と拍子《ひょうし》抜《ぬ》けするほどだった。

そんな章の思いをよそに、桃子は元気よく訊ねてくる。

「いやー楽しみ！　大将、安曇さんのエプロンとかちゃんと用意してありますよね？」

「ああ。ちゃんと新品を二枚、って言っても、実際に用意してくれたのは雛ちゃんだけどな」

「さーっすが女将《おかみ》さん！　新品、しかも洗い替えに二枚って気が利くー！」

桃子の上機嫌は止まらない。本日の彼女は、ありとあらゆるものを褒めあげている。思わず章は訊ねてしまった。

「桃ちゃん……もしかして、俺とふたりで働くのが嫌だったとか……」

皮肉かつ自虐的すぎる質問に、桃子は一瞬黙り込む。図星か……と項垂《うなだ》れそうになったとき、呆《あき》れ果てた声が聞こえた。

「大将……見当違いもそこまで行くと罪ですよ」

「違うのか？」

「当たり前じゃないですか。確かに、大将はいい年こきまくった『おっさん』だし、見てくれだって『イケメン』とは言えないですけど、がみがみ怒鳴《どな》り散《ち》らしもしないし、自分のミスを他人に押しつけることもない。嫌味だって『さほど』言わない。上司としてはかなり上等ですよ」

「さほど……ってことは、やっぱり少しは出てるのか……」

「聖人君子じゃあるまいし、そんなのあって当然です。むしろ全然なかったら気持ち悪い」

「気持ち悪いって……」

「気持ち悪いって言うより、多少はそういうところもないと私が困っちゃいます。私自身、口が過ぎるって自覚はありますから」

「自覚はあるんだ……」

あはは……と笑いはしたものの、だったら直せ、とは思わなかった。

確かに、桃子は口が悪いところがある。だがそれは、悪いと言うよりも辛辣《しんらつ》と表現すべきで、大部分が事実に基づいている。章も、事実ならなにを言ってもいいなんて考えていないが、桃子は本質的に人を傷つけるようなことは言わない。たまに苦笑いしそうになるが、場を盛り上げるためのトークの範疇《はんちゅう》、と安心していられるのだ。

「じゃあ、俺は特にひどい上司でもないってこと？」

「全然ひどくないです。ひどいのは釣りの腕ぐらいです」

「それを言うか……」

今度こそ本当に項垂れてしまった章に、桃子は大笑いだった。

「大丈夫ですよ。大将は漁師じゃなくて料理人。料理の腕は確かなんですから、それで十分です。そうそう、まかないの美味《おい》しさもここで働く魅力のひとつです」

「残り物を適当に片付けてるだけだけどな」

「残り物っていっても食材は一流、料理人の腕も一流。それで美味しくならなかったらおかしいです。きっと、安曇さんも大将のまかない食べたさに『ヒソップ亭』に来る日数を増やしたくなりますよ」

「そんなわけないだろ。安曇さんだって料理人なんだから」

「なに言ってるんですか。料理人なら余計に、人に作ってもらうだけで点数『マシマシ』ですって」

「『マシマシ』……」

ラーメンのトッピングじゃあるまいし、と苦笑する章に、桃子はきっぱり言い切った。

「いいじゃないですか。とにかく安曇さんは『ヒソップ亭』のまかないを気に入ってくれるに決まってます、ってことで、早く来ないかなー」

「そんなに嬉しい？」

「今まで年の近い同僚なんて、いませんでしたからね。しかも同性ですよ。女子会だってできます。嬉しいに決まってます」

「そういうもんかね」

「大将にはわかりっこありませんよ。支配人や女将さんがそばにいてくれるんですから」

章と勝哉、そして雛子は四十年近い付き合いの幼なじみだ。しかも、勝哉夫婦は、失業した章に自分のところで店を開かせるほどの世話焼きだし、心底心配もしてくれる。章は章で彼らの期待に応《こた》え、なにか役に立てることはないかと考えている。そんな相手と毎日顔を合わせて仕事をしている人間に、幼なじみはおろか、同世代の友人すらあまりいない自分の気持ちなんてわかるわけがない、と桃子は唇を尖らせる。

それでもそんな仕草もほんの一瞬、すぐにまた鼻歌が始まる。本日の桃子は、過去最高と言っていいほどの上機嫌に間違いはなかった。

「安曇さん、今日は四時からでしたっけ？」

「そう。少し早めに来るとは言ってたけど、せいぜい三時ってところだろ」

「あー待ち遠しい！　泊まっていったりしないかなあ……」

「それもないよ。明日はあっちで勤務みたいだし」

シフトを決めるにあたって、現在の勤務状況と照らし合わせた。それによると、安曇は現在、水曜、金曜、日曜と鶏料理店で働いていて、『ヒソップ亭』にはそれ以外の日にしか来られないとのことだった。週末で客が増えそうな土曜日が空いているのは意外だったが、どうやら土曜日はほかの曜日に比べて学生バイトがたくさん入るらしく、調理師の資格を持っていて時給が高めの安曇は外されがちなのだそうだ。

ひどい話ではあるが、章にとっては好都合、『ヒソップ亭』での勤務はとりあえず火曜日と土曜日と決めさせてもらった。都内とこの町を行ったり来たりで身体が持つかという心配はあるものの、本人が大丈夫と言うし、週に二日の休みを確保できればなんとかなるだろう。

いずれにしても本日は火曜日、安曇の住まいは都内だし、明日も仕事があるなら帰宅することを選ぶに違いない。そしてそれは、土曜日も同様だった。

「確かにそうですね。私でもその状況なら帰ります。となると、安曇さんがこっちに泊まるってことはないのか……うーん……残念」

「まあ、本当に安曇さんがうちを気に入ってくれれば、こっちのシフトを増やしてくれるかもしれない。こっちが連勤になったら、泊まる日も出てくるかもな」

「そうですよね！　まかないだけじゃなくて、『うちで働くこと』を気に入ってもらえるように頑張らないと！」

「それ以上に、支配人を納得させなきゃ。でもっていずれは『猫柳苑』の夕食も……」

章が安曇を雇い入れたのは、いずれ『猫柳苑』の夕食を復活させよう、という目論見《もくろみ》があってのことだ。いくら安曇が『ヒソップ亭』を気に入ってくれたところで、勝哉が夕食を復活させせようと思わない限り、ふたり目の料理人は無用なのだ。

一方勝哉は、夕食を復活させるかどうかはさておき、とりあえず安曇が入れば章の負担が減ると考えたに違いない。確かに川西から安曇の話を聞いたとき、その人に来てもらえば、『夕食を再開しても、料理長が過労で倒れるなんて羽目にはならない』という発言はあった。けれど、あの段階で勝哉が夕食の復活を決めていたとは思えないし、それは今だって同じだ。

いったん夕食を始めたら、今日はできませんでは済まない。夕食を復活させるためには、勝哉に、安曇の働きぶりや料理人としての腕を認めさせ、章の代わりが務められると信じさせる必要があった。

「あいつは、一番に俺の身体のことを心配してくれてる。だから、まずは安曇さんにうちの仕事をしっかり覚えてもらって、俺が休める体制を作る」

「そのあと『猫柳苑』の夕食を復活させる、って算段ですね！」

桃子が大きく頷《うなず》いた。

夕食を引き受けられるようになれば、『ヒソップ亭』の売上は増える。だが、それ以上に『猫柳苑』の客を増やしたい。夕食がなくなったことで離れたかつての常連も呼び戻したい。そんな気持ちが章はもちろん、安曇さん、桃子の中にもあるのだろう。

「どっちにしても、安曇さん次第。せっかくのご縁なんだから、大切にしましょうね！」

「了解、ってことで、安曇さんが来たときにゆっくり説明ができるよう、今のうちに仕事を済ませるぞ」

「はーい！」

そしてまた桃子は元気よく出ていった。

火曜日はもともと『猫柳苑』の客はあまり多くないし、『ヒソップ亭』が有償で用意している『特製朝御膳』の予約も入っていない。帳簿管理や支払処理といった事務仕事があるにはあるが、かかる時間は知れている。さっさと済ませて、夜の営業用の仕込みを始めよう。うまくいけば、安曇が来るまでに終えられるはずだ。

そんな思いで、章は普段以上に手早く仕事をこなした。ところが、実際に安曇がやってきたとき、章はまだ仕込みの最中だった。なぜなら、彼女の到着が予想よりもかなり早かったからだ。『猫柳苑』の入り口でうろうろしている安曇を見つけたのは午後一時、章が昼休憩を終えて戻ってきたときのことだった。

「よかったー!」

章の姿を見るなり、安曇がほっとしたように言った。『猫柳苑』のチェックイン開始時刻より二時間も早い上に、本日は連泊の客もいないということでフロントは無人、入っていいのかどうか迷っていたのだろう。

「こんにちは。今日からお世話になります。よろしくお願いいたします!」

安曇は元気よく頭を下げて挨拶する。

朝の桃子に勝るとも劣《おと》らない上機嫌さで、とりあえず章はほっとした。

「随分早いね。四時からなんだから、もうちょっとゆっくりでよかったのに」

「その時間じゃ、仕込みは全部終わっちゃってるかな、と思いまして」

料理人にとって仕込みは大事な仕事だ。どうかすると開店してからの作業よりも重要かもしれない。少しでも早く『ヒソップ亭』の仕事を覚えたくて、予定よりもずっと早い電車に乗ってしまった、と安曇は照れたような笑顔を浮かべた。さらに、申し訳なさそうに言う。

「段取りが狂っちゃってご迷惑だとは思ったんですけど、できれば見せていただきたくて……。あ、でもご迷惑ならどこかで時間を潰してきます」

海を見に行ってもいいし、駅前に喫茶店がありましたよね、と安曇は今来たばかりの道を振り返る。だが、もちろん章は安曇にそんなことをさせる気はない。冬の海は長い時間を過ごすには不向きだし、昔ながらの喫茶店『オレンジ』はコーヒーも軽食も美味しいけれど、それはまた別の機会に味わってもらいたかった。

「迷惑なんてとんでもない。そういうふうに思ってもらってすごく嬉しいよ」

そう言いながら章は安曇を連れて『ヒソップ亭』に向かう。そこに現れたのは雛子だ。おそらく話し声を聞きつけたのだろう。

「あら！　もういらっしゃったの？」

「いらっしゃった、は、やめてください。私、今日からこちらで働かせていただくんですから」

きっぱり言い切ったあと、安曇は「よろしくお願いいたします」と深いお辞儀をする。そんな姿に雛子は目を細めた。

「こちらこそ、よろしく。それにしても早いわね。章君に早めに来るように言われたの？」

「いいえ、私が勝手に早く来ちゃっただけです」

「ならいいけど。大将、若い子だからって無理強いしちゃだめよ。それってパワハラですからね」

「わかってるよ！」

「とりあえず、奥でお茶でも……」

雛子はそう言うと、安曇をフロントの奥にある事務室に誘う。だが、安曇は申し訳なさそうに、それでもはっきり断った。

「せっかくですが、お茶はまた今度にさせてください。早く来たのは仕込みを見せていただきたかったからなので」

「勉強熱心なのね！　さすがだわー。じゃあ、お邪魔はしません。でも、仕込みが早く終わったら、一緒にお茶をいただきましょう」

「はい。そうさせていただきます」

了解、と雛子がふたりを残して去っていったあと、章は『ヒソップ亭』の中に戻り、仕込みを再開した。

まだ勤務時間に入っていないのだから見ているだけでいいと言ったのに、安曇はまったく聞かない。手持ちぶさたですから、と言いながら、使った道具や布巾《ふきん》を洗い始める。挙げ句の果ては、章が取り出した山ほどのジャガイモを見て、包丁入れに目を走らせる始末……とうとう章は笑い出してしまった。

「なにかしたくてしょうがないんだな？　じゃあこれ、剝いてくれ」

「すみません。私、ただ見てるのって苦手で……」

「正直に言えば、俺もただ見られてるのは苦手だ。参観日みたいでさ」

「ですよね。あ、包丁はここにあるのを使わせていただいていいですか？」

「おう。好きに使ってくれ」

「はい」

短い返事が小気味よい。今時、『はーい』ではなく『はい』と言える子は珍しい気がする。それ以上に、こんなに目を輝かせてジャガイモを剝く子は稀《まれ》だ。章など、剝かずに使える、あるいはたわしでこすっただけで皮を落とせる新ジャガの季節を待ち望むほどなのだ。よほどの働き者か料理好き、もしくはその両方に違いない。

いずれにしてもありがたい。章は、安曇との縁を結んでくれた川西に感謝することしきりだった。


「あら、もう来てたのね！」

『ヒソップ亭』の夜の営業に備えて戻ってきた桃子が歓声を上げた。だが、実は昼過ぎには到着していたと聞くなり、章に非難の目を向ける。

「だったら連絡をくれればよかったのに！」

「いや、でも女将に訊いたら桃ちゃんはお遣いに出て、そのまま家に戻るって話だったし」

桃子は猫柳苑のチェックアウト客が一段落したあと帰宅し、母親と食事をとるのが習慣になっている。忙しく働く桃子にとって母親との時間は貴重に違いない。連絡すれば桃子は飛んで戻ってくるだろうし、憩いの時間を邪魔するのは申し訳なさすぎる。だからこそ、章はあえて桃子に知らせなかったのだ。

けれど桃子にしてみれば、安曇の到着を待ちわびていたのを知っていたくせに、と文句のひとつも言いたいところなのだろう。

それでも、根に持たないのが彼女のいいところで、ひとしきり文句を言ったあと、あっさり切り替えて安曇に話しかける。

「ようこそ『ヒソップ亭』へ。来てくれてすごく嬉しいわ」

「そう言っていただけると私も嬉しいです」

「もう仕事をさせられてるの？」

そこで時計を見た桃子は、怪訝そうに言う。まだ三時四十分なのに、しっかり濡れている安曇のエプロンに気づいたようだ。

桃子の同情するような眼差《まなざ》しを気にもとめず、安曇は平然と答える。

「着くなりカウンターの中に乱入しました。あ、でも大将は見てるだけでいいっておっしゃったんですよ。私が無理やりあれこれやらせてもらっただけで」

「体よく下働きを押しつけられたわけじゃなくて？」

「本当に違います。それにこれは下働きというよりもリハビリみたいなものです」

働いているのが鶏料理店だからもともと料理が偏っている上に、注文のほとんどが焼き鳥か揚げ物の類《たぐ》いだ。

生野菜を使ったサラダはあるが、煮物や魚料理はない。食事はまかないに頼りきっていたせいで、専門学校を卒業してから野菜や魚介類を扱う機会がほとんどなかった、と安曇は嘆く。

「頭が覚えてても、手が忘れちゃってるんですよね」

申し訳ありません、と安曇は深く頭を下げる。だが、ここに来てから数時間の作業を見た限り、そこまで申し訳なさそうにしなければならないような腕ではなかった。

「大丈夫だよ。野菜はどれもきれいに剝けてたし、魚もちゃんと下ろせてた。卒業以来扱ってないなんて思えないよ」

「それはまあ……。家で少し練習しましたし」

これまでは、休みがあっても寝ているだけだった。疲れ果てているというよりも、気力がなかったと安曇は言う。だが『ヒソップ亭』で働くことが決まったあとは、休みの日は朝からスーパーに出かけ、安い魚や野菜を買って料理をしていたそうだ。

「おかげで食生活も充実して、元気が出たし、疲れにくくなった気がします。やっぱりちゃんとしたものを食べるのって大事だなあって実感しました」

「なるほど……安曇さんは本当に努力家ねえ。でも、食事に関してはここにいれば大丈夫。『ヒソップ亭』のまかないは、栄養バランスも味もボリュームもピカイチだから！」

「だから太って仕方ない、って言いたいんだろ？」

「そんなこと言ってませんってば！」

最後は章と桃子の掛け合い漫才みたいになったものの、安曇はそれすら楽しそうに見ている。

安曇の初出勤は、和気藹々《あいあい》そのものの雰囲気に包まれていた。

その夜、『ヒソップ亭』には馴染みの客の姿があった。

五十代後半、定年まであと一、二年という感じで、中部地方在住らしい。流通関係の仕事をしているものの、今は事務所勤めだという。それでも姿勢のよさや、身なりもいつもきちんとしているところ、はきはきした話し方から考えて、店頭に出ていた期間は長かったのだろう。

本人曰く『気楽な独身』とのことで、『猫柳苑』を半年に一度ぐらい訪れる。たいていは一泊で帰っていくが、ごく稀に連泊することもある。一泊でも二泊でも『ヒソップ亭』には必ず顔を出してくれるありがたい客だった。

「こんばんは。また来ちゃったよ」

「いらっしゃいませ、高橋《たかはし》さん。お元気そうでなによりです！」

桃子が飛んでいって椅子《いす》を引く。カウンター席に着いた高橋は章にも挨拶したあと、隣にいる安曇に目をとめた。

「あ、新しい人が入ったんだね」

「はい……」

そこで章は、安曇の様子を窺《うかが》った。店主として紹介すべきだとはわかっているが、人によっては客に名前を知られるのを嫌がることもある。どうしたものか……と迷っている間に、安曇が口を開いた。

「沢木と申します。今日からこちらでお世話になることになりました。以後、よろしくお願いいたします」

安曇の歯切れのいい挨拶に、高橋は目を細めた。

「いい声だね。落ち着いているし、よく通る。接客業に就く者には宝物だ」

「ありがとうございます」

安曇はにっこり笑ってお辞儀をした。その姿を見た高橋が、驚いたように言った。

「教科書どおりのお辞儀だな……。君はデパートで働いたことでもあるのか？」

「いいえ。でも、最初に勤めた会社でしっかり仕込まれましたので」

「会社勤めもしてたのか……」

「はい。三年ほどでしたけど」

「そうか……。ま、人生いろいろってところだな。いずれにしても、よろしく」

そこで高橋はいったん会話を終わらせた。すかさず桃子が差し出した品書きに目を移した彼を見ながら、章は感心することしきりだった。

新しく入った従業員に、根掘り葉掘り事情を聞きたがる人がいる。呑み屋のカウンターの向こうにいる人間には、なにを訊いてもかまわないと思っている人も多い気がする。まったく関心を持たれないのも寂しいが、不躾《ぶしつけ》な詮索はやっかいとしか言いようがない。

その点、高橋の匙加減《さじかげん》は見事だ。概略は把握できるが、具体的な情報を晒させたりしない。おそらく彼は、相当優秀な販売員だったのだろう。

「『ワカサギのつけ焼き』ってどんな感じ？　ワカサギに醤油を塗りながら焼くの？」

ホワイトボードに書かれた料理名を見て、高橋が訊ねた。

この料理に目をつけるなんてさすがだ、と再び感心しながら説明をする。

「じゃなくて、焼く前に漬け込むんです」

「へえ……じゃあ漬け込むのにけっこう時間がかかるんじゃない？」

言葉の裏に『鮮度が落ちているのでは？』というニュアンスが見え隠れしている。二月はワカサギの旬《しゅん》、せっかく鮮度抜群のものが味わえる時季なのに……と思っているのだろう。やむなく章は説明を足した。

「これ、残酷だっておっしゃる方もいるのであんまりお伝えしたくないんですが、実は釣るなりタレを入れたポリ袋に突っ込むんです」

「え、そうだったんですか⁉」

桃子が非難たっぷりの声を上げた。釣り上げたばかり、すなわち生きたままと察したに違いない。けれど、高橋は逆に嬉しそう、かつ身を乗り出すように言った。

「それはタレを吸うのも早いだろうな。なにより腹の中までしっかり滲《し》みる。それにしても、よく手に入ったな」

「出入りの魚屋の親爺《おやじ》さんが分けてくれました。釣ってから半日も経《た》ってませんよ」

「素晴らしい！　それをいただこう。あと……」

「グラスビール、ですね？」

「わかってるねえ、大将！」

わかっていると言われても、高橋が夜の『ヒソップ亭』に来るときは百パーセント一杯目にビール、しかもグラスの生ビールを注文する。それは、彼が温泉を堪能し、喉がからからの状態でやってくる上に、ビールのあとで日本酒を楽しみたいと考えているからだ。

彼が来てくれるようになってからおよそ三年、覚えていないとしたら客商売なんてやれっこない。もちろん桃子もそれがわかっていて、すでにビールを注《つ》ぎ始めている。一方安曇は、焼き網をコンロに載せる。なんの指示もしていないのに、薄く油を塗ったのには驚いた。

「ありがとう。油まで塗ってくれたんだ」

「焦げついちゃいますからね」

「そりゃそうだけどさ……」

冷えた網に魚を載せたらくっついてしまう。それを避けるためにあらかじめ網を温めるのは当然だが、さらに油を薄く塗れば焦げつく心配はほぼなくなる。指示されなくてもそれができるのは、きちんと勉強してきた証《あかし》だった。

「そんなに感心されても困ります。私、これまで鶏ばっかり焼いてたんですから」

焼き物は得意分野です、と安曇は笑う。確かにそのとおり。網や炭の扱いは、もしかしたら安曇のほうがうまいのかもしれない。

「いいねえ……初日から指示待ちじゃない新人。いい人に来てもらえたね」

「本当に」

そんな褒め言葉を聞き流し、安曇は冷蔵庫を開ける。迷いもせずにワカサギが入ったプラスティック容器を取り出したのには、これまたびっくりだった。

「よくわかったね……」

『魚信《うおしん》』の店主からポリ袋に入ったワカサギをもらったのは昼前だった。

夜明け前から釣りに興じていたという店主が、家に帰る途中で置いていってくれたのだが、彼が来たのも、ポリ袋からプラスティック容器に移して冷蔵庫にしまったのも、安曇が来る前のことなのだ。

冷蔵庫の中には似たような容器がたくさん入っている。それなのに一発で取り出すなんて、魔術師みたいだった。

「そんなにびっくりしないでください。実は、大将が休憩に行かれた間に、冷蔵庫を覗《のぞ》かせてもらったんです。どこになにがあるか把握しておかないとって……」

章はいつも、夜の営業を始める前に小休憩を取っている。今日も開店準備を整えた上で、いったん『ヒソップ亭』を離れて『猫柳苑』のフロントの奥にある事務室に行った。無事に安曇が仕事を始めたことを勝哉に報告しがてら、コーヒーにありつくためだ。事務室には無料のコーヒーサーバーがあり、休憩時には誰でも自由に飲めるようになっていた。

その際、安曇にも一緒に行かないかと誘ってみたが、彼女は『ヒソップ亭』に残った。気を遣っているのかと思ったら、目的は冷蔵庫を調べることにあったなんて、予想外もいいところである。

啞然《あぜん》とする章に、安曇は申し訳なさそうに言う。

「使う食材がスムーズに取り出せないと困りますし、私自身がすごく不安になるんです。全部覚えきれないとは思いましたが、とにかく見ておきたくて」

「気持ちはわかるよ。でも、わざわざ休憩時間を使わなくても、言ってくれればちゃんと見せて説明したのに」

冷蔵庫の中はぎゅうぎゅう詰めとまでは言わないが、かなりたくさんの食材が入っている。ひとつひとつの量は少ないけれど、とにかく品数が多いのだ。容器自体も似たようなものばかりで、把握するのは相当大変だったはずだ。十分程度の休憩時間をそんなことに使ったかと思うと、気の毒でならなかった。

「ごめん。ここ何年もひとりでやってたから、全然気がつかなかった。確かに大事なことだよな。これからは気になるものはなんでも見ていいし、存分に訊いてくれ」

しきりに詫びる章に、安曇はほっとしたように言う。

「よかった……叱られなくて……」

「叱るわけないだろ？　料理人が冷蔵庫の中身を見てなにが悪いんだ」

「勝手に触るな、って嫌がる人もいるので……」

「はあ!?」

いったいこれまでどんな店にいたんだ、と訊きたくなってしまった。だが、もしかしたらそれは現在進行形なのかもしれない。さすがに、今勤めている店の悪口を言わせるのは気の毒だ、ということで、章は台詞《せりふ》の後半を無理やり呑み込んだ。

安曇は、章が言わなかった台詞を察したように苦笑する。

「そういう人に限って、冷蔵庫の中身はぐちゃぐちゃで、どこになにがあるのかさっぱりわからないんです。把握してるのは料理長か仕込みを担当した人だけ。それなのに、若い子がさっと食材を取り出せなかったらものすごく怒ったり……」

「いるよなーそういうやつ」

そこで大きく頷いたのは高橋だった。さらに、困ったものだと言わんばかりに続ける。

「うちにもいるんだよ。倉庫の整理を全然やらずにそこら中に商品や資材を積み上げて、アルバイトの子に取りに行かせては『遅い！』とか言うやつがさ……。最低だよ」

そういう上司のいる売り場は、決まって清掃も行き届かないし、売上目標も達成できない。一事が万事だ、と高橋は息巻いた。

「どこでも同じってことですか……。俺も気をつけよう」

『ヒソップ亭』は大丈夫だろうか。それなりに気をつけているつもりだが、案外わかっているのは自分だけかもしれない……と考えていると、桃子が元気よく言った。

「心配しなくても、うちは大丈夫です。なにより大将は、出したものはきっちり元に戻せる人ですから」

「あ、それは素晴らしい！」

高橋が軽く拍手しながら言う。

そんな当たり前のこと……と呟いてみたが、今度は安曇に反論される。

「ものが散らかる原因は、定位置保管ができないことにあるんですって。みんなが使ったものを元からあった場所に戻せば散らかりっこありませんよね。それをやらずに、適当な場所に置いちゃうからぐちゃぐちゃになるんです」

「そのとおり。確かに俺の知る限り、大将は使ったものはきちんと片付けてるな。しかも、すぐに」

「うちは狭いですから、出しっ放しにしておけないんですよ。食材だって傷むし」

「その戻し方の話だよ。たとえば、三つ積み上がった容器の一番下を取り出したとする。適当なやつだと、使ったあとで一番上に積んだりするんだ。でも大将はちゃんと一番下に戻す。桃ちゃんもそうだし、今のやりとりを聞く限り、沢木さんも同じだろうな」

「よく見てますね……」

「接客業の悲哀だ。人の動きを見るのが習い性になってるんだよ」

なるほど……と頷いた横で、安曇が焼き網の具合を確かめている。どうやら、ほどよく温まったらしい。章は安曇が出してくれたプラスティック容器の蓋《ふた》を開ける。覗き込んだ高橋が歓声を上げた。

「いいサイズじゃないか！」

「でしょう？　たぶん、見せびらかしたくて届けてくれたんだと思います」

『魚信』の信一《しんいち》によると、今日はワカサギ釣りで有名な湖に出かけたものの、当初は全然アタリがなかったそうだ。ところが、今日はだめだなと諦めかけたとき、いきなり釣れ始めた。しかも一匹一匹が大きい。数も大きさもビッグな群れだ！　と大喜びで釣り続け、ほくほく顔で帰ってきたとのことだった。

「見せびらかしたくてでもなんでも、旨いものを持ってきてくれる人に悪者はいない」

「そのとおりです」

ポリ袋を片手に『ヒソップ亭』に入ってきた信一の得意そうな顔を思い出しながら、章はワカサギを網の上に載せる。魚から垂れた醤油が網の上でジュッと焦げ、店内に香ばしい匂《にお》いが広がった。

「うー……堪らんな！　早く焼けろー！」

「すぐですよ」

いくら大きいといっても所詮ワカサギだ。火が通るのにさほど時間はかからない。それでも待ちきれない様子の高橋を宥《なだ》めつつワカサギを焼き上げ、大葉を敷いた角皿に移した。

「お待たせしました。ワカサギのつけ焼きです」

桃子がカウンターに置いたときには、高橋はもう箸《はし》を構えていた。そんなに慌てなくても、と思いかけたけれど、焦げた醤油の匂いの中『本体』の到着を待つのは辛《つら》かったに違いない。

高橋は口に運んだワカサギを、中ほどで噛み切った。一口では入らない大きさだったので無理もないが、間髪をいれず残りの半分も口に収める。普段の高橋に似合わぬ、ちょっと行儀の悪い食べ方だった。

「高橋さん、ダイナミックー」

桃子が笑いながら言う。ダイナミックとはまた……と苦笑したものの、『行儀が悪い』よりずっと感じがいいし、褒め言葉にさえ聞こえる。さすがは桃子だった。

隣に目をやると、安曇が高橋のグラスを見ていた。そのあと、ついっと章に目を移す。ビールは残り四分の一ほど、グラスが小さいのであと一口か二口でなくなってしまう。次の飲み物をすすめる頃合いだが、相手は常連らしいし自分が口を出すのは、とでも思っているのだろう。

まあそうだよな、と思いながら、章はワカサギを堪能している高橋に声をかけた。

「次のお飲み物をご用意しましょうか?」

「頼むよ。これ、ビールもすごくいいけど、日本酒にも合うだろ?」

「もちろんです。日本酒に合わない魚料理ってちょっと思いつきません」

「よくぞ日本に生まれけり。じゃあ、なにか見繕《みつくろ》ってくれ」

「はい」

つけ焼きは、照り焼きの一種だ。合わない日本酒を探すほうが難しい。どれでもいいようなものだが、高橋の好みとこのあと彼が頼みそうな料理まで考えると、選択肢はひとつだった。

「では『酔鯨《すいげい》　特別純米酒』はいかがですか？」

「おー『酔鯨』か！　確か高知の酒だよな？」

「はい。辛口でほどよい酸味、呑み応えもしっかりあるのに香りは控えめ。料理の邪魔をしないお酒です」

「そうそう。前に呑んだことがある。冷酒でもらったんだけど、温まっていくうちに味わいが変わっていくんだよ。冷酒が呑みたくて頼んでも、しゃべり惚《ほう》けてるうちに温《ぬる》くなっちまって、なんだかなーってことがよくあるけど、その酒は常温になっても旨かった」

「冷たくても温かくても楽しんでいただけるお酒です。ってことで、こちらでよろしいですか？」

「ああ」

「温度はどうされます？　やっぱり冷酒で？」

「そうだな……」

そう言いながら、再び品書きを見た高橋は、一点に目をとめ、きっぱり言った。

「燗《かん》にする。ちょっと熱めにしてくれ」

「了解です」

高橋の答えに、章は心の中でにやりとする。

なぜなら、彼が目をとめたのは刺身が並んだところ、おそらく『カツオのタタキ』だろう。

土佐の名物料理を土佐の酒で、と思いついたに違いない。

とはいえ、今日の『カツオのタタキ』に使ったのは、高知ではなく九州で水揚げされたカツオである。カツオの旬は春と秋の二回あり、節分を過ぎたのだから暦の上では春ということになるが、今の時季ではさすがに高知までカツオは北上していない。九州ですら、もうカツオが⁉　と驚かざるを得ない状況だろう。なにかにつけて楽天的というか、勢い任せな『魚信』の店主ですら『こんな時季にカツオが獲《と》れるなんて、日本の海は大丈夫なのか？』と眉根を寄せたほどなのだ。

とはいえ、わざわざそんな話をする必要はない。郷土料理にその土地の酒を合わせるというのは粋な選び方だと思うし、料理の邪魔をしない『酔鯨　特別純米酒』は春のカツオのあっさりした味わいにぴったりだ。そのカツオがどこで水揚げされたかなんて、些細な問題だった。

ところが、章の予想どおりの肴《さかな》を注文したあと、高橋は軽くため息をついた。どうしたのだろうと思っていると、彼の口から出てきたのは、さっき章が呑み込んだ話だった。

「この『カツオのタタキ』って、生のカツオを使ってるんだよな？」

「もちろんです」

「だよな……大将のことだから、冷凍なんて考えられない。カツオの旬がなくなりかけてるってのは本当なんだな……」

「えっ、そうなんですか？」

驚く桃子に軽く頷き、高橋は話を続けた。

「春や秋はもちろん、夏でも冬でもカツオが獲れる。うちの商品部も嘆いてるよ。カツオは一年中水揚げされる魚になりかかってる。これじゃあ『旬』を売りにできないってさ」

獲れる時季と獲れない時季があるからこそ、付加価値が生じる。冬の間見ることがなかったからこそ、店頭に並ぶカツオに春を感じ、多少値が張っても財布のひもを緩める。それが昔から続く日本人とカツオの付き合い方だった。一年中カツオが手に入るようになったら、『初ガツオ』のありがたみどころか、言葉自体が消えてしまう。商売上がったりだ、と高橋は渋い顔をした。

啞然としつつ、桃子が訊ねる。

「ということは、夏や冬にスーパーに並んでるカツオでも、生のものがあるってことですか？」

「そういうこと。よく見ればちゃんと書いてあるよ。『生』カツオって」

「そうなんだ……てっきり全部冷凍だと思ってました」

この町は海が近い上に、良心的で融通が利く魚屋がある。そもそもスーパーで魚を買うことが少ないのだ、と桃子は言う。それでは、通りすがりにカツオが並んでいるのに気づいたところで、ラベルを確かめたりしないだろう。

「まあ、そういうふうに考えてる人も多いだろうな。でも、それ自体が問題って言えば問題なんだ」

「それ自体って？」

「いつでも冷凍が買えるってことさ」

昔は誰もが、冷凍の魚なんて……と眉を顰《ひそ》めた。ところが、冷凍や解凍の技術が向上し、今では生と比べても遜色のない品質が保《たも》てるようになった。それどころか、獲れ立てで新鮮なうちに冷凍した魚のほうが、遠くの産地から運ばれてきた生よりも味が上という場合まである。冷凍でも生でも美味しければいい、という消費者がどんどん増えている。さらに、往々にして生よりも冷凍は安価——となると生、そして旬の価値は下がる一方だ、と高橋は言うのだ。

「ここでは新鮮な生魚が簡単に手に入るかもしれない。でも、海から遠い町になればなるほど、冷凍は当たり前になってくる。そもそも新鮮な魚の味なんて知らないか、知ってても諦めてる。俺みたいに、そういうのはたまのご馳走、ってね」

そのタイミングで出された燗酒と『カツオのタタキ』に目を細めながら、高橋は猪口《ちょこ》に酒を注ぐ。そっと口に運んだと思ったら、勢いよく空けた。

「ああ……しみじみ旨い……。まだまだ燗酒が旨い季節なのにカツオが食える。喜んでいいやら悪いやら……。ま、旨いものは正義なんだけどな」

言葉を失う、とはこのことだった。

章自身、『旨いものは正義』という考えに異論はない。旨いものを食べたいというのは、人間なら誰しも思うことだろう。だからこそ章は、少しでも旨い料理を作りたい、それを食べて喜ぶ客の顔が見たい、その一心で精進を続けている。そして章が考える『旨い料理』を支えてくれているのが旬の食材なのだ。

旬のものは旨い。だからこそ、旬の食材が出てくると客は顔をほころばせる。その大前提を、旬そのものがなくなるという形で崩されたら途方に暮れる。章は料理人だが、霞《かすみ》を食って生きているわけではない。食べる側としても、考えたくない事態だった。

「そんな顔をするなよ」

猪口を置いた高橋が、慰めるような口調で言う。

客の前でそれほど痛ましい顔をしてしまったのか、と反省しつつ、章は応えた。

「それでも、旬は旬。そんなふうに思っちゃだめなんですかね……」

「だめなはずがない。いくら一年中獲れるようになったって、夏や冬のカツオはやっぱりはぐれもの。味だって違うはずだ。それに冷凍は、旬以外の時季でも旨いものを食べたいっていう人間の欲が生み出した技術だ。旬の時季に冷凍と生が並んでて、わざわざ冷凍を買うやつはいないだろ」

そこでためらいつつ口を開いたのは、安曇だった。

「でも私、安ければ買っちゃうかもしれません。特に月末なら……」

同じような味で値段が安ければ、そちらに手を伸ばす。そんな経済事情の人間はいくらでもいるだろう。料理人としては恥ずべきことかもしれないけれど……と俯《うつむ》く安曇を、力づけるように桃子が言う。

「そんなの当たり前じゃない。料理人としては、とか言うけど、むしろ商売を成り立たせようと思ったら安曇さんの判断のほうが正しいのかもしれないわ」

「そうそう。コストを抑えて利幅を増やす。極めて正しい。個人消費に利益がどうのこうのってのは関係なさそうなものだけど、そもそも先立つものがなければ話にならない」

高橋からも肯定的な意見が出た。それでも安曇は憂《うれ》い顔のまま言う。

「それはわかってても、やっぱりその食材本来の味をしっかり覚えるべきなんですよね。そうじゃないと生と冷凍の区別もつけられないんじゃないかなって……」

「それはあるな」

これには章も大賛成だった。

両方知っているからこそ違いがわかる。食材や料理に限った話ではない。そういう意味で、安曇は正論中の正論を説いていた。

何度も頷く章を見て、高橋がにやりと笑った。

「ってことは、それがちゃんとできるような給料を払ってやらなきゃな」

「え……」

まさかそう来るとは……と項垂れる章の横で、桃子が大笑いする。

「さすが高橋さん！　おっしゃるとおりです。大将、料理人にとって食材の吟味はすごく大事なんでしょう？　今後安曇さんがいい料理人として大成するかどうかは、大将にかかってます。いろいろ食べ比べられるだけのお給料を払ってあげないと！　あ、ついでに私のお給料も上げてくれてもいいんですよ？」

「そうだな、新入りさんだけいい給料じゃ、桃ちゃんのやる気が失《う》せてしまうしな」

「そんな尻馬の乗り方って……」

とほほ……と言わんばかりの章に、三人は大喜びだった。

燗酒で『カツオのタタキ』を堪能したあと、高橋は『田舎寿司』を注文した。

『田舎寿司』は、寿司とは言っても魚介類を一切使わない。ミョウガの酢づけや甘辛く煮染《にし》めた椎茸《しいたけ》、筍《たけのこ》、こんにゃくといった山の幸を味わう寿司なのだ。

酢にたっぷりの柚《ゆず》を搾り入れ、香りまで嬉しい高知名物の寿司だが、一般的な寿司が食べたくて注文したとすれば、ちょっと困ったことになる。一言説明しておかねば……と口を開きかけたとたん、高橋が片手を上げて制止した。

「大丈夫、『田舎寿司』のなんたるかはわかってるから。『酔鯨』に『カツオのタタキ』ときたら、締めもやっぱり土佐の料理にしたくなってさ。なにより俺は、柚の香りが大好きなんだ」

「それを伺って安心しました」

「心配性だな、大将は。でもまあ、わからないでもない。思ったのと違うものが出てきて怒り出す客もいるだろうし」

そう言いながら、高橋はちょっと遠い目になる。おそらく過去に、似たようなクレームを体験しているのだろう。料理のこととは思えないが、服でも電化製品でも、勝手にこういうものだと思い込んだ挙げ句、違うじゃないか！　と文句を言う客はいそうな気がする。

高橋は度量の大きな人に見えるが、それも数々のクレームに対処し続けた結果かもしれない。とはいえそれは、クレームをもらって相手を恨んだり、理不尽な客だと切り捨てたりせず、自分に反省すべきことはなかったか、改善できる点はないか、と振り返ることができてこその話だ。

そういう意味でも、高橋は見習うべき人間だった。

そんなことを考えながら、章は半切りに被《かぶ》せてあった濡れ布巾を取る。半切りとは言っても、差し渡し三十センチほどのものだが、『ヒソップ亭』は寿司屋ではないのでこれで十分なのだ。

さて握ろう、とシャリに手を伸ばしたとき、高橋の声がした。

「あ、大将、シャリは小さめで頼むよ」

「了解です」

高橋は食欲旺盛な人だが、数年前から体重増加を気にしている。年齢が年齢だし、健康診断でコレステロールや中性脂肪の数値を指摘されているそうだから、『締め』も軽めのほうがいい。『田舎寿司』を頼んだのも、土佐の酒に土佐の料理を合わせたいというほかに、少しでも野菜が取れてカロリーが低いものを、という考えもあったのだろう。

土佐料理はダイナミックさが売りではあるが、あえて上品に握った酢飯に野菜を載せ、ハランを敷いた皿に並べる。緑のハランにシャリの白、ミョウガの薄桃色、筍の薄黄色、椎茸の茶色が映える。最後に切り目を入れて酢飯を詰め込んだこんにゃくを加えれば『田舎寿司』の完成だった。

「旨そう！　だがこれ、土佐というよりもちょっと京都っぽいな」

「高橋さん仕様です」

「俺が上品ってことだな？」

あはは、と嬉しそうに笑いながら、高橋は早速ミョウガの寿司を味わう。シャリシャリと小気味いい音で噛んだあと、ゴクリと飲み込んで右手の親指を立てた。

「柚の香りがなんとも言えない。ミョウガの歯触りも抜群。身体にもいい。さすがは酒呑み王国土佐だな。浴びるほど呑んでも締めで帳尻を合わせられる」

「やだ、高橋さん。たぶん土佐の人は帳尻を合わせようなんて考えてないですよー」

笑いながら異議を唱えた桃子に、高橋は真顔で言い返す。

「どうだか。俺にも高知出身の知人友人がけっこういるが、八割方『大酒呑み』だぞ。しかも本人たちはそれが普通だと思ってやがる。もっと腹が立つのは、やつらが揃って健康診断の数値は正常ってことだ。あんなに好き放題に呑んで食って、生活習慣病にもなってないのは帳尻合わせの成果に決まってる」

「高橋さんの高知出身のお知り合いって何百人もいるんですか？」

「え？　いや、せいぜい五、六人かな……」

「その人数では一般化は無理でしょ。たまたまですよ」

「はー……厳しいな、桃ちゃんは」

「でも、野菜が身体にいいってことに間違いはありません。せいぜいたくさんお召し上がりください。こちらもどうぞ」

そう言うと、桃子は『田舎寿司』の皿の横にお椀を置いた。中に入っているのは、近ごろ健康にいいと大人気の海藻がたっぷり入ったみそ汁だった。

「アオサのみそ汁か。こいつはありがたい。寿司は旨いが、身体が冷えるのが難点だ」

「だからこそのおみそ汁です」

「合わせ味噌なのはあえて？　寿司には赤だしを添えるものかと思ってたけど」

高橋に怪訝そうに訊かれ、桃子が困ったように章を見た。その質問は管轄外だ、とでも言いたそうな目をしている。やむなく章が説明を代わった。

「もちろん『あえて』です」

「それは俺が名古屋から来てるから？　日ごろから赤だしを飲む機会が多いだろうから、たまには合わせ味噌をってことで……」

「それもありますが、一番の理由はこれが『田舎寿司』だからです」

寿司に赤だしを添えるのは、一般的な寿司にはマグロやブリといった脂が乗った魚が使われがちなせいだ。濃厚な脂の後味をさっぱりさせるのには赤味噌が最適、ということで赤だしが出される。だが、『田舎寿司』は脂っこさとは無縁の寿司だから、赤だしにこだわる必要はない。

赤味噌、とりわけ八丁味噌は愛知の名産品だから、名古屋では普通の食堂でも赤だしが出されることが多い。地元を離れたときぐらいは違う味わいを……ということもあって、あえて合わせ味噌を使ったのである。

「なるほど。寿司には赤だしって知ってたけど、ちゃんと理由があるんだな」

「はい。会席料理の最後に赤だしが出るのも同じ理由です。でも、今日高橋さんが召し上がったのは『ワカサギのつけ焼き』と『カツオのタタキ』。ワカサギはもちろん、カツオも戻り鰹《がつお》とは全然違ってあっさり系でしたし、赤だしである必要はないかな、と。赤味噌は塩分も若干高めですし……」

「で、あえて合わせ味噌。こちらも『俺仕様』ってことか。嬉しいねえ」

高橋は『田舎寿司』と『アオサのみそ汁』に目を細めつつ平らげ、機嫌よく席を立った。

「ごちそうさん。また明日」

その一言で『特製朝御膳』の予約を終え、高橋は『ヒソップ亭』を出ていく。時間は告げる必要がない。午前九時——それが温泉と夕食、そして朝寝を楽しんだ高橋の朝食時刻である。

これから彼は部屋に戻って休憩し、また風呂を楽しむのだろう。もしかしたら、一寝入りしてから風呂に入るかもしれない。

昨今、温泉が売りの宿でも『入浴は二十四時まで』といった制限がつくところも多いが、『猫柳苑』は到着からチェックアウトまでいつでも風呂に入れる。軽く呑んでうとうとし、深夜に目覚めて湯に浸かれる。

そもそも、布団はあらかじめ部屋の隅に用意されているので、到着するなり昼寝も可能だし、部屋食ではないから片付ける必要もない。翌朝もぎりぎりまで寝転がっていられるのだ。

ひたすら日ごろの疲れを癒やしたい。誰に気を遣うこともなく、ただただゆっくりしたいという客を全身で受け止める——それが勝哉夫婦の目指すところだ。

高橋のように多忙、かつ人とかかわることの多い客にとって、『猫柳苑』はかなり魅力的な宿なのだろう。半年に一度、ときにはもっと短い間隔で訪れてくれるのはその証だ。これからも彼の期待を裏切らずに済むよう精進したい。

そんなことを考えながら、章は高橋の広い背中を見送った。


翌朝、『ヒソップ亭』に現れた高橋は上機嫌で挨拶した。

「おはよう」

「おはようございます。すぐにご用意しますね」

時計の針は午前八時四十五分、いつもの時刻の十五分前である。

彼はいつも九時ちょうど、あるいは二、三分遅れてやってくるので、朝食はそれに合わせて整えるようにしている。焼き魚にしても、みそ汁にしても、出来立てを食べてほしい一心だが、十五分前ではまだ魚を焼き始めてもいない。

大慌てで干物を網に載せた章を見て、高橋が笑った。

「ゆっくりでいいよ。俺が早かったんだし」

「申し訳ありません……。よくお休みになれましたか？」

「愚問だよ。顔色を見ればわかるだろ。爆睡ってやつだ」

話によると、高橋は章の予想どおり、少し眠ってもう一度風呂に入るつもりだったが、そのまま朝まで眠ってしまったそうだ。目が開いて部屋が明るくなっていることに驚いたものの、幸い時刻は午前六時。夜更けの温泉は楽しめなかった代わりに、風呂から朝日を眺《なが》められた、とのことだった。

「いくら酒を呑んだといっても、ここまで眠れるとは思わなかった。俺もまだ若いな」

「アルコールは入眠効果こそ高いですが、二時間ぐらいで目が覚めてしまうことも多いって聞きました」

「らしいな。俺も前々から、寝酒をかっ食らって寝てるのに、なんで夜中に目が覚めるんだって思ってた」

「コーヒーも同じみたいですよ。だから、睡眠時間を長く取れないときは、コーヒーを飲んで寝る。そうすると、短時間ですっきり起きられるんだそうです」

「へえ……コーヒーを飲んで寝るのか。あれは眠気覚ましに飲むものだと思ってた」

「身体に吸収されるのに時間がかかるんでしょうね。詳しいことはよくわかりませんが、カフェインが頭に届いたら目が覚める、ってことじゃないですか？」

「なるほど……うまくできてるな」

「とりあえずおかけください」

立ったまま話し続けていた高橋に椅子をすすめ、手早く淹れたほうじ茶を出す。

「大将ひとりかい？」

「はい。もう少しすれば桃ちゃんが来てくれるはずですが」

「さっきサービスの朝飯の世話をしてるのを見たよ。朝から元気いっぱいだった。明るくていいよな、あの子」

「おまけに働き者で、俺もすごく助かってます」

「だよな。で、昨日の新入りさん……沢木さんだっけ？　あの子は？」

「彼女は週に二日、夜だけなんです」

「そうなのか。ちょっと残念」

「申し訳ありません。朝からむさ苦しい男だけで」

「誰もそんなことは言ってないだろ。むさ苦しいのはお互い様……というか、俺のほうがずっとむさ苦しい。腹も出てるしな」

自虐的な台詞とともに、高橋はぽんと下腹あたりを打つ。

確かに彼の下腹部は少々緊張感に欠けるところはあるが、個人的にはどことなく安心感を与えてくれる彼の体型が気に入ってもいる。だが、本人は気にしているのだろうし、否定しても肯定しても差し障りがありそうだ。やむなく曖昧な笑みを返しつつ、章は作業を進めた。

高橋はしばらく熱い茶を啜《すす》りながら章の仕事ぶりを見ていたが、不意に訊ねてきた。

「ところで、新しい人を入れたところを見ると、業務拡大は近いってこと？」

「え……？」

「いや……こんなことを言うのは失礼かもしれないけど、現状なら大将と桃ちゃんで十分かなって。あえて人を増やすってことは、『猫柳苑』の夕食復活が近いのかもしれないと思ってさ」

「……ご明察です」

桃子も安曇もいない。店主の章だけならそんな話をしてもいいと判断してのことだろう。夕食復活が近いのではないか、という読みも含めてさすがとしか言いようがなかった。

「やっぱりか……。それは嬉しいな」

「とは言っても、今のところ単なる俺の願望にすぎませんけど」

「なるほど……『猫柳苑』と折り合いがつかないってことか」

「まあ……。でもそんなことをおっしゃるところを見ると、高橋さんは夕食をご希望なんですか？」

高橋が『猫柳苑』に通ってくるようになったのは、『ヒソップ亭』ができてからだ。つまり、もともと素泊まりしか知らない。そんな高橋でも夕食つきを望んでいた。章にとってそれはある意味、驚きだった。てっきり素泊まりと『ヒソップ亭』の合わせ技を気に入ってくれているとばかり思っていたのだ。

ところが、微妙に寄せた章の眉間《みけん》の皺《しわ》に気づいたのか、彼は苦笑しながら言った。

「そんな顔をするなよ。心配しなくても、俺はここに座って呑んだり食ったりするのも気に入ってる。だが、部屋でだらだらしたいと思う日がないわけじゃない。浴衣も帯もぐちゃぐちゃ、どかっとあぐらをかいて、口から猪口を迎えに行ってずず――って吸って、おまけに握り箸。途中で寝転んだりしてさ」

ケラケラ笑いながら、高橋はだらしない食事風景を語る。そんな行儀の悪い高橋は想像もできないが、彼だって人間だ。人目さえなければ、やりたい放題になるのかもしれない。

「ま、選択肢があるのはいいことだってだけの話さ」

「選択肢……ですか」

「そう。ビジネスホテルならたくさんあるだろ？　朝食つきと素泊まりが選べるところ。温泉旅館で『猫柳苑』みたいに完全に食事なしってのは珍しいけど、それでもサービスの朝飯は用意されてる。それなら夕食だって選べるようにすればいい。部屋で食いたければ部屋食、『ヒソップ亭』に来たければ『ヒソップ亭』、外に行きたければ外。選択肢は多ければ多いほど、いろんな客を取り込める。昨今旅館も随分経営が厳しくなってるみたいだし、ほかとの差別化が必要だろう。ま、迎えるほうは大変だけど、ここならできると思うなあ……」

最後に『ヒソップ亭』と『猫柳苑』をまとめて褒めるような言葉を加え、高橋はまた一口茶を啜る。そこで干物が焼き上がり、見ていたように桃子がやってきた。

「おはようございます。あ、ちょうどですね」

そう言うと桃子は、あらかじめ用意されていたお盆を運ぶ。載っているのは、ひじきの煮物、ほうれん草の胡麻よごし、イカの塩辛、温泉玉子といった小鉢の数々。海苔は予約時間に合わせて弱火で丁寧に炙《あぶ》る。市販の袋入りのほうがはるかに簡単だが、炙り立ての海苔の香りを味わってほしくて、手をかけていた。

小さなコンロの上の鉄鍋に入っているのは、昆布だけを使ったシンプルな出汁《だし》と絹ごし豆腐だ。

湯豆腐の好みは人それぞれ、舌を焼くほど熱いものが好きな人もいれば、周りがほんのり温まり中は冷たいものがいいという人もいる。好きな温度で食べてもらうために、コンロは必須《ひっす》だった。

佃煮は昨日のカツオの切れ端を使った角煮とアサリしぐれ、漬け物はキュウリのぬか漬けと沢庵《たくあん》と梅干しを用意した。梅干しは柔らかい大粒とカリカリの小梅があるが、高橋は大粒では塩分が過ぎるし、そもそも固い梅干しを好むからカリカリタイプのみ。そこに熱々の飯とみそ汁、焼き立ての干物を加えれば『特製朝御膳』の完成だった。

大きな盆を高橋の前に置いた桃子は、直ちに戻って熱い料理を運ぶ。『お待たせしました！』と元気な声をかけたのは、九時ちょうどだった。

「はい、お見事。お、今日の干物はアジか。身が厚くて旨そうだ！」

「お豆腐はお好きな加減で……」

「ポン酢か、出汁醬油、お好きなほうでお召し上がりください、ってか？　わかってる、わかってる」

皆まで言うな、と時代劇のような台詞を言いながら、高橋はアジの開きの骨が付いている側に箸を入れる。皮を破られたところからふわりと広がる湯気に、アジ特有の香りがまじる。

「湯気はご馳走。冬はさらなり。それにしても、ただ魚を開いて干して焼いただけで、なんでこんなに旨いかね。しかもこの匂いと塩加減の絶妙さと来たら……」

堪らない、を連発しながら、高橋はせっせと干物を毟《むし》り続ける。合間にご飯を挟み、これじゃあ飯がいくらあっても足りない、などと怒ったような台詞を吐《は》く。それでも目尻は下がりっ放しだから、上機嫌であることに間違いはない。

そうこうしているうちに、小鍋に入っている出汁の底から小さな気泡が浮いてきた。高橋の好みは、外は温まっているものの、その熱が豆腐の中心までは届かぬぐらいの温度。豆腐の真ん中あたりになんとか残った冷たさを楽しむのが常だが、この分だと干物が骨だけになるころ、ちょうど食べごろになるだろう。

「あー……しみじみ旨いな。これだけ旨いとぬる燗を一本って思ってしまうが、それを我慢するのがまた……」

「なにも我慢しなくても……。今日はお休みなんでしょう？」

一本つけましょうか？　と桃子に訊かれ、高橋はうーんと唸ったあと、残念そうに首を横に振った。

「やめておくよ。いくら休みでも、家で寝てられるならともかく、このあと電車に乗って帰ることになる。ただでさえ小汚い親爺なのに、朝から酒臭いとなったら目も当てられない」

乗り合わせた人に迷惑だろう、と高橋は苦笑する。

どうやら彼は、とにかく周りに嫌な思いをさせたくないらしい。つくづく接客業が身体に染みついているんだな、と感心しつつ、章は新しいお茶を淹れた。一方桃子は、空になった茶碗に目をやって訊ねる。

「ご飯のおかわりはいかがですか？」

「それもやめておいたほうがいいな……いや、でもやっぱり……」

「一口ぐらい足しましょうか？　そのお茶碗、けっこう小さめです。それに、一杯目を控えめによそいましたから、おかわりして普通のお茶碗の一杯分ぐらいになりますよ」

「天使か！」

高橋は、地獄で仏に会ったような顔で茶碗を差し出す。

もともと『ヒソップ亭』の朝ご飯は、ひとり用の釜飯をつけることになっていて、予約時に希望を伝えれば季節の炊き込みご飯に変えることもできる。だが、健康管理に熱心な客にとっては、ひとり用とはいえ釜飯では食べ過ぎになるということで、普通の茶碗に盛ったご飯を頼むこともあり、高橋もそのひとりだった。

ところが、朝ご飯のおかずというのは焼き海苔のように醬油を使ったり、納豆、生卵、とろろといったご飯にかけて食べたりするものが多いため、とにかく箸が進む。もう一膳食べたいけれど、食べ過ぎになるのはちょっと……と思う客も多い。これで迷わないようであれば最初から釜飯にしているだろうから、当然である。

元々食いしん坊なのに食事制限を余儀なくされている高橋にとって、『おかわり』は禁断の果実に違いない。これまでご飯をおかわりしたことはなく、空になった茶碗に小さくため息をついて箸を置いていた記憶がある。

小さめの茶碗を使い、さらに一杯目のご飯の量を減らして、罪悪感なしに『おかわり』をさせるのは、なんとも粋な計らいだ。さすが桃子……とこれまた感心することしきりだった。

「燗酒が無理なら、せめてよーく『嚙ん』でお召し上がりくださいね！」

あまり出来がよろしくない洒落とともに、桃子が茶碗を差し出した。受け取った高橋がほくほく顔で言う。

「じゃあ焼き海苔をいただくとするか。表にするか、裏にするか、それが問題だ」

「醬油の話なら、控えめにつけて表向き、が正解です」

「ほう……根拠は？」

「表向きにすれば舌に直接醬油が当たるので、少なくても満足できます。しかもご飯が汚れません。高橋さん、そういうの気にされるでしょう？」

「確かに。醬油が滲みた飯はつくづく旨いが、外ではちょっとなあ……」

「そんなの気にせずに召し上がってくだされればいいんですけど、それって高橋さんの『美学』でしょうから……」

「お、わかってるねー桃ちゃん！」

やっぱり天使だ、と高橋は桃子を褒めあげる。

いずれにしても上機嫌、『特製朝御膳』にも満足してくれたようだ。

夜の献立《こんだて》と異なり、朝食というのは意外に変化がつけづらい。ホテルならパンとベーコンエッグやオムレツ、ウインナーにサラダといった洋食を取り入れることも可能だが、『ヒソップ亭』の『特製朝御膳』はもっぱら和食な上に、およそ朝食として想定できそうな料理をふんだんに詰め込んである。そのせいで干物の種類やみそ汁の具、味噌を変えてみたところで代わり映えがせず、定期的に訪れる客には『またこれか……』と思われるおそれがある。

幸い高橋は、朝ご飯については十年一日同じメニューでも気にならない質《たち》らしく、毎度旨い旨いと平らげてくれる。それどころか、『これこれ……』なんて、旧友に再会したように喜んでくれるのだ。

舌が肥えていて酒への理解も深い。経験が豊富だから話していても面白く、勉強になることが多い。本人は、こだわりが強くてうるさい昭和親爺だよ、と自嘲するが、高橋は章にとって待ち遠しい客のひとりだった。

「ごちそうさん。今日も旨かった。でも、やっぱりちょっと食いすぎだな……」

高橋は、器に目を落としつつ反省している。

おかわりしたご飯はもちろん、どの皿も空っぽ、コンロの上の小鍋には豆腐の欠片ひとつ残っていない。小さめに切って入れてあった出汁用の昆布すら、ポン酢に浸して食べてしまった。本人曰く、海藻は身体にいいし、煮込まれて柔らかくなっていてすごく旨い、とのことだった。

確かに、シンプルな湯豆腐だからこそ濃厚な出汁を……と選んだ羅臼《らうす》産の昆布ではあるが、出汁が出きった昆布がそこまで旨いのだろうかと首を傾げたくなる。

いずれにしても、湯豆腐は出汁昆布まで食べてしまうほどの満足度だった、と判断し、章はドリッパーにペーパーフィルターをセットする。すぐに気づいた高橋が言った。

「悪いね。コーヒーまで淹れさせて。ロビーで飲めるのに……」

『ヒソップ亭』は喫茶店ではないが、食後にコーヒーを飲みたいと言う客は多い。とりわけ朝はその傾向が強く、コーヒーの用意は怠らないようにしている。高橋の言うように、ロビーにはサービスのコーヒーが用意されているし、部屋に持ち帰ることもできる。それでも、彼は大のコーヒー党だ。サービスとは別に、淹れ立てのコーヒーを味わってほしかった。

「いいねえ……この香りはモカだな」

「お好きでしたよね？」

「大のお気に入りだよ。よく覚えてるよなあ。見上げた心がけだ」

「高橋さんがそれをおっしゃいますか」

彼は、徹頭徹尾接客業が身についている人だ。客の好みを覚えるなんて初歩の初歩、そこまで感心されることじゃない。ところが、そんな章の言葉を高橋はあっさり否定した。

「年に数えるほどしか来ない客の好みをちゃんと覚えてるってのがすごいんだ。しかも本業の酒や料理ならまだしも、コーヒー豆の種類まで……。なかなかできることじゃない」

「それぐらいお客さんが少ないってことですよ」

「そうか？『ヒソップ亭』はそれなりに儲かってると思ってたけど……」

「夜はそこそこですが、朝はさっぱり。やっぱり高すぎますかねえ、うちの朝飯は……」

「コスパは悪くないよ。むしろ、この値段でよくぞここまでって思う。でも……」

そこで高橋は、いったん言葉を切って章の顔を見つめた。おそらくなにか辛辣なことを言おうとして、大丈夫かどうか窺っているのだろう。

「なんなりとおっしゃってください。俺も、改善できるところはしたいんです。でも、どこに問題があるかわからなくて……」

「そうか。じゃあ、はっきり言うけど、この『特製朝御膳』の価値がわかる人間は少ないのかもしれない」

「価値……ですか？」

「まず、見た目が地味だ。地味と言うよりもほかの旅館と大差ない。だから品書きを見ただけじゃ、それほど価値があるようには思えないんだ。しかも、サービスの朝食があるしね」

「なにも二千円も出さなくても、そっちでいいやってことですか……」

「どっちも作ってる人が同じなら、味も大差ない。俺も一度だけサービスの朝飯を食ったけど、十分旨かった。まあ俺の場合は、だからこそ『有料』の『特製朝御膳』を食ってみようと思ったんだけどさ」

素材のよさは食ってみないとわからない。『ヒソップ亭』の『特製朝御膳』の値段は、全部素材にかけているものだ。サービスの朝食の素材だってよそに比べれば上等すぎるほど上等だが、『特製朝御膳』とは違う。いくら料理の腕がよくても、いや腕がよければよいほど素材の善し悪《よしあ》しが料理の出来を左右するのだ、と高橋は断言した。

「最上の素材と最高の料理人の組み合わせに払う二千円を、俺は惜しいとは思わない。でも、そういうのはどっちかって言うと少数派……なんだろうな。しかも、食ってみないと違いはわからないときたもんだ」

湯豆腐に上等の昆布を使いたいと思っても、サービス用の場合、予算を考えてワンランク落とさねばならないこともある。けれど素人目にはどちらも同じ昆布にしか見えない。粉末ではなく本物の昆布が使われているというだけで満足する客も少なくないだろう。

高橋が言葉を選びまくって伝えてくれた『特製朝御膳』が売れない理由は、ひどく納得のいくものだった。

「そもそも『猫柳苑』はとにかく気楽に泊まりに来てほしいってコンセプトだろ？　夕食をやめて単価を下げたのもそのためだし、リピート客を狙ってるふしもある。客のほうが、たびたび温泉に浸かりたいからせめて飯は外で食って出費を抑えよう、って考えだとしたら、『特製朝御膳』の注文が伸びるとは思えないんだよ。でも、夕食を復活させるなら話は別だ。いわゆる『ワンチャンあり』ってやつだな」

「『ワンチャン』？　犬ですか？」

「大将……なに言ってるんですか。『ワンチャン』って言ったら『ワンチャンス』に決まってるでしょ」

桃子が呆れたように言った。章より十歳は年上の高橋でも使っている言葉なのに……と考えているのだろう。もうちょっと、若者言葉にもアンテナを張ったほうがいいですよ、とまで言われ、がっかりしてしまったものの、それよりも『ワンチャンあり』の中身が気になった。

「それで、『ワンチャンあり』っていうのは具体的にどういう意味ですか？」

「夕食つきにすれば、『ヒソップ亭』の味を知ってもらえる。俺みたいに、こんなに旨いなら朝飯も……って考える客も出てくるかもしれない」

夕食を外に出かけられたら、『ヒソップ亭』の味を知るのはサービスの朝ご飯を食べるときだけだ。いくらそこで、これは旨い！　と唸ったところで後の祭り。リピート客にならない限り、『ヒソップ亭』の利用にはつながらない。夕食を出すことで、『特製朝御膳』の需要が伸びる可能性は大ありだ、と高橋は語った。

「試食は大切ってことですか……」

「『特製朝御膳』の注文を増やすって目的だけを考えたらそうなる。本来温泉旅館の目玉である夕食を、試食扱いしていいのかってのは問題だけどな」

「勉強になります」

「売上を伸ばすには、料理の腕だけじゃなくて作戦も大事だよ。これでも俺は流通畑が長いから、『お説』だけならいくらでも語れるんだ。とはいえ、作戦が当たるかどうかは保証の限りじゃないぞ」

「そこはやり方次第、ってことですよね！　頑張って、大将！」

「そうそう。俺としても、ここのよさをみんなに知ってもらいたい気持ちは大きい。『猫柳苑』に『ヒソップ亭』あり、ってね。ま、気張ってくれ」

最後は桃子とふたりがかりで発破をかけ、高橋は『ヒソップ亭』を出ていった。

「ほんと、高橋さんってすごいですよね。お客さんでしかない『猫柳苑』や『ヒソップ亭』の売上まで伸ばそうとしてくださるなんて……」

「まさに『販売のプロ』だな。ああいう人がいれば売上は伸びるし、部下も幸せだ」

「以前、『俺なんてただの頑固親爺、バブル時代の遺物だー』なんておっしゃってたけど、仕事に一途《いちず》な人ほど頑固に見えるものだし、『遺物』で終わるつもりなんてないんじゃないかしら。定年までに、もう一花ぐらい咲かせそうです」

「一花どころか二花、三花……どうかすると百花繚乱」

「わー大変！　ものすごく疲れそう。じゃあ、せいぜいうちに来てもらってゆっくり温泉に浸かって、美味しいものもたくさん食べてもらわなきゃ」

「だな」

見た目だけで料理の味は伝わらない。夕食復活は『特製朝御膳』の売上を伸ばす上でも、重要な役割を果たす——高橋の指摘に、ますます『猫柳苑』の夕食復活にかける思いが膨《ふく》らむ。

安曇が来てくれたことで、夕食を部屋で出すという目標に一歩近づいた。乗り越えなければならない山はまだまだあるだろうけれど、少しずつ着実に進んでいこう。全部を夕食つきにしてしまうのではなく、選択肢のひとつとする。

夕食を部屋で食べたいという客の中には、どうせなら朝食も部屋で……という人もいるかもしれない。『特製朝御膳』を部屋で提供することも考慮したほうがいいのではないか。準備も後片付けも大変になるが、客の満足を追求せずに売上を伸ばすことは不可能なのだから……

高橋の広くてがっしりした背中を見送りながら、章は今後向かうべき方向に思いを馳せていた。

確かな足取り

『ヒソップ亭』に新しいメンバーが加わってから、およそ三ヵ月が過ぎた。

正直に言えば、安曇は週に二日しか出勤しないし、千客万来という状態ではないため慣れるのに時間がかかるのではないかと危惧していた。だが、同じ飲食業界に従事していることもあって、仕事の応用が利きやすいらしく、安曇はみるみるうちに『ヒソップ亭』に馴染んでいった。時折、新しい知識を披露してくれることもあり、そのたび目を見張らされる。

――最初からそうだったよな……

章は、安曇が『ヒソップ亭』に通い始めたころのことを懐かしく思い出す。

安曇は『猫柳苑』の玄関を入ってきたあと、『ヒソップ亭』に入る前に必ず廊下の先にある青と赤の人間を象《かたど》ったマークのある小部屋に直行していた。章は、外は寒いし、安曇は一時間以上かけて移動してきたのだから当然だと思っていたが、それにしては時間がかかっている。こういうことには個人差もあるだろうけれど、万が一体調でも崩していたら大変だ。そこで、それとなく訊ねてみると、単に用を足しているわけではなく、手を洗っていたという。

「玄関で消毒はしていますが、カウンターの中に入るからにはしっかり手を洗って、うがいも済ませないと」

消毒薬の効果を疑うわけではないが、やはり流水でごしごし洗ってからでないと調理場に近づく気になれない。口の中にしても、マスクがあるから安心とは限らないはずだ。接客、特に飲食業に携わる身として念には念を入れたい、と安曇は語った。

「俺も見習わなきゃ……」

調理場に入る前や作業中に、頻繁に手を洗うのは当たり前のことだ。だが、口の中についてはは食後に歯を磨《みが》くぐらいが関の山で、外に出るたびにうがいなんて考えもしなかったのだ。

そんなやりとりがあってから章と安曇、そして桃子もそれまで以上に手洗いやうがいに気をつけるようになった。さらに、上を向いてがらがらやると雑菌やウイルスを撒き散らしやすい、口を閉じたまま含んだ水を移動させるやり方のほうが効果的らしいという、安曇が仕入れてきた情報を元に、うがいの方法を改めもした。

たとえ二十五年以上この業界にいるにしても、新しい技術や知識は日々生まれてくる。もともと知識が豊富な上に最新情報の収集を怠らない安曇は、古い知識で満足しがちな章にとって大きな刺激である。

ここしばらく世界的に景気は悪化の一途、特に飲食業界を取り巻く状況は厳しいの一語に尽きる。とはいえ、嘆いていても仕方がない。少しでも前に進めるよう、アンテナをしっかり張って学ばねば……と、向上心をかき立てられるのだ。

そしてそれは桃子も同様らしく、安曇の出勤日にはいつもより早く休憩を切り上げて、質問を重ねている。母親と過ごす時間が減るのでは……と心配になってしまうが、本人曰く、週に二日のことだし、母親も賛成してくれているとのこと。おそらく桃子の母親も、料理人の娘として生まれ、かつては自分も料理人を目指したほど料理に興味を持っている桃子の気持ちをわかってくれているのだろう。

現在ふたりは、夜の営業を始めたもののまだ誰も訪れていない『ヒソップ亭』でビールの注ぎ方について話していた。

「へえ、『三度注ぎ』……。そういえばどこかで聞いたことがあるわね」

「けっこう有名ですよ。私も言葉そのものは知っていたし、注ぎ方もインターネットで検索して調べたことはあるんですけど、やっぱり目の前で見るのとは違いますね」

安曇はつい先日、休みを利用して大手ビールメーカーの工場見学に行ってきたらしい。そこでビールの材料や造り方を学び、試飲を楽しむついでに『三度注ぎ』という注ぎ方も教わってきたそうだ。『三度注ぎ』をしたものと普通に注いだだけのものを呑み比べ、同じ銘柄のビールなのにまったく違う味わいに目を見張ったという。

「ただ三回に分けて注ぐってだけじゃないのよね？」

「簡単に言えば、一回目は高い位置からだーっと勢いよく注いで、思いっきり泡《あわ》を立てます。二度目は泡が収まってグラスの半分ぐらいになったころ。グラスのすぐ上ぐらいのところからそーっとそーっと……グラスから泡が一センチぐらい盛り上がるぐらいまで注ぐんです」

「泡が溢れたりはしないの？」

「私が見た限りでは大丈夫でした」

「なるほど……。で、三度目は？」

「盛り上がった泡がグラスの縁ぎりぎりになるのを待って、グラスから泡が二センチぐらい飛び出すまで注いで完成です」

「二センチ!?」

「はい。かなりの見物でした。泡が細かいから崩れないんでしょうね」

「で、味は？　やっぱり全然違った？」

「段違いでした」

「いいなあ……私も工場見学に行ってみようかな」

「おすすめですよ。たとえ動画でも画面で見るのと、説明を聞きながら目の前でやってもらうのは違うし、味だって確かめられますから」

「そうね。ちゃんと確かめてみて、その上で『ヒソップ亭』でやってみる。きっと、お客さんも大喜びね」

「それはどうかなあ……」

章はそれまで黙ってふたりの話を聞いていたが、さすがに口を挟まずにいられなかった。

なぜなら『三度注ぎ』のことは章も知っていたが、『ヒソップ亭』だけでなく、いわゆる飲食店全般に共通する欠点があると思っていたからだ。

「どうしてですか？　『ヒソップ亭』のお客さんは日本酒党が多いですけど、湯上がりのビールを楽しまれる方もたくさんいらっしゃるじゃないですか。あ、それとも生ビールには『三度注ぎ』は向かないとか？」

「いや、そういうことじゃないよ」

『三度注ぎ』は泡の立て方に着目した方法だから、ビールサーバーから注ぐ生ビールであろうと、缶や瓶であろうと変わりはない。問題はそういうところにはないのだ、と説明しようとしたとき、安曇がクスリと笑って言った。

「『三度注ぎ』は時間がかかる——大将がおっしゃりたいのはそういうことでしょう？」

「ご名答……さすがだね」

ふたつの言葉に挟まった『間《ま》』は、大人気ない章の感情の表れだ。

見落としがちな欠点を指摘することで、ふたりに感心してほしかった。『ヒソップ亭』の主として、そしてふたりよりずっと長く酒とかかわっている者として……

けれど安曇は、『三度注ぎ』の欠点もちゃんと心得ていた。それがつまらないというか、正直悔《くや》しくて、素直に褒め言葉が出てこなかったのだ。

さらに悔しいことに、そんな章の気持ちを見抜いたように桃子が笑った。

「大将、残念でしたねー。安曇さんが私ほど『もの知らず』じゃなくて」

「うるさいよ」

「あらあら……。でも大丈夫。私はもちろん、安曇さんだって知らないことはたくさんありますよ。これから先、大将が『ドヤ顔』できる機会はいっぱいありますって」

「誰も『ドヤ顔』なんてしたくないって！」

「はいはい」

にやにや笑いながら返しつつも、いじるのはここまでと線を引いたらしく、桃子は章に訊ねてきた。

「で、『時間がかかる』の意味は？」

「『三度注ぎ』は一度注いだあと、二度目を注ぐまで待たなければならない。二度目から三度目の間にも待ち時間ができる。三回注ぐのに五分ぐらいかかっちゃうんだ。しかも泡の収まり具合を見張ってる必要もある。ビール専門店ならそんなものかなと思ってもらえるかもしれないけど、普通の居酒屋や食事処じゃなあ……」

「そう言われればそうですね。普通の、しかもうちみたいに暇そうな店で、ビール一杯出てくるのに五分かかったら、お客さんが怒り出しちゃう」

「暇そうな店って……。まあそうなんだけどさ。とにかく、そういうわけで『三度注ぎ』はパス。瓶ビールは客が好きなように注いでくれればいいけど、生ビールは無理だ」

そうなんですか……と桃子は残念そうに言う。ふと安曇を見ると、なにか言いたそうにしている。

章は水を向けてみることにした。

「なに、安曇さん？　気づいたことがあるなら言ってみて」

「……じゃあ言いますが、『ヒソップ亭』のビールの注ぎ方は、すごくちゃんとしてますよ」

「ちゃんと、って？」

「三度には分けてませんけど、二回で注いでますよね？」

「ああ、あれは私がそそっかしいからよ。ばたばたーってジョッキを持ってきて、冷えてるジョッキが温まらないうちにだーっと注いで、泡が溢れそうになって『うわあ、大変！　お願いだからこぼれないでー』って祈りながら待って、よかった、セーフだーって注ぎ足して……」

「それが正解なんです。ですよね、大将？」

確かめるように顔を覗き込まれ、章も大きく頷いた。

「うん、大正解。ビールサーバーは瓶や缶ほど高いところから注がなくても、しっかり泡が立つ。ばーっと注いで盛大に泡を立てて、ちょっとだけ待って注ぎ足せばちょうどいい感じになる」

勢いよく注いだときにできる大きな泡を、そっと注いだ細かい泡で置き換える。それは『二度注ぎ』というビールサーバーによく用いられる方法だった。

「そうだったんですか……全然知らなかった」

「わかっててやってると思ってたのに、ただ慌ててただけなのか？」

「実はそうなんです。でも、なんとなくそのほうがきれいな泡になるとは思ってましたけど」

「理屈じゃないんだよな、桃ちゃんは……」

そんな言葉を吐きながら、頭の隅に小さな疑問符が浮かぶ。もしかしたら桃子は、それが正しいビールの注ぎ方だとわかっているのかもしれない。なぜなら章は、以前桃子がジョッキを洗いながら漏らした言葉を聞いたことがあるからだ。

『よしよし、輪っかがきれいに残ってる。上手にできたってことね』

ビールの泡を上手に立てられたときは、ジョッキやグラスに泡の輪が残る。残った輪の数で、その人が何口でビールを呑み干したかわかるとも言われている。輪の有無を確認するということは、ビールの泡に関する知識をちゃんと持っているということだ。そして、章が知る限り、泡の輪の数にまつわる話はたいていうまいビールの注ぎ方とセットになっている。泡の輪を気にかける、すなわちビールの注ぎ方全般について心得ていると考えるべきだろう。

章の想像どおり、桃子が知っているのに知らなかった振りをしているとしたら、それは新しい料理人である安曇や『ヒソップ亭』の主である章の顔を立てる気持ちからに違いない。

頭の回転は速いし、雑学にも長《た》けている。だが、それ以上に空気を読む力が大きい。それが桃子という人だ。章は、そんな桃子に助けられつつ『ヒソップ亭』を営んできた。さらにそこに勉強熱心で努力家の安曇という人が加わった。章は目下、これで大丈夫、今後の『ヒソップ亭』の発展を乞《こ》うご期待、という気分だった。

「じゃあ、今度家でビールを呑むときは、だばーって注いだやつと『三度注ぎ』にしたやつを呑み比べてみようっと。あーでも、冷たいビールを前に五分待つってけっこう辛いかも。その間に温《ぬる》くなっちゃうかもしれないし」

ビールはあくまでもキンキンに冷えていてほしい、と桃子は思案顔になる。

五分という時間が『キンキン』を奪うなら、冷蔵庫から出して勢い任せに注いだビールのほうが美味しいと感じるかもしれない、と言うのだ。

話を聞いた安曇が感心したように言う。

「なるほど……そういう考え方もありますね。興味深いです。私も今度家でやってみます」

「あ、そうだ。どうせなら一緒にやってみない？　仕事が終わってからとか」

「そうしたいのは山々ですけど、私はいつも終電ぎりぎりですし……」

ところが、ビールを呑み比べていたら帰れなくなってしまう、と困った顔をする安曇に、桃子は平然と返す。

「そんなの、帰らなければいいだけの話じゃない。もともと『猫柳苑』の従業員用の部屋を使っていいって話になってたし、うちならいつでも泊まってくれていいのよ？」

「桃ちゃん、無理強いはよくないよ。安曇さんは翌日の仕事を考えて、夜中になってもいいからって自分の家に戻ってるんだ。こっちに泊まって、朝から家に戻ってまた出勤って大変に決まってるだろ」

「それはわかってますけど、一回ぐらい安曇さんとゆっくりご飯を食べたり、お酒を呑んだりしたいんですよー」

子どものように唇を尖らせる桃子に、さっき考えた『知っているのに知らない振り』を全面否定したくなった。だが、呆れきった眼差しを向けた章に、桃子はひどくまっとうな意見を突きつけた。

「だいたい、せっかく安曇さんがうちに来てくれたっていうのに、歓迎会のひとつも開かないってどういうことですか？　一席設けて、交友を深め合って、これからよろしくねーってやるのが筋ってもんでしょ！」

「あ……」

そんなことは考えてもみなかった。確かに、前の職場に入ったときは歓迎会を開いてもらった記憶がある。だが『ヒソップ亭』はもともと章がひとりで始めた店で、『猫柳苑』の食事処という位置づけはあっても経営は別なので、勝哉夫婦が歓迎会を開くというのはおかしな話。そもそもあのふたりと章は竹馬の友で、今更交友を深めるもへったくれもない。

さらに桃子については、もともと『猫柳苑』の従業員だったのを『ヒソップ亭』の助っ人《すけと》に来てもらった形だから旧知もいいところ、歓迎会の必要性すら覚えなかった。けれど、いくらよく知っている相手だったとしても、正式に『ヒソップ亭』で働くことが決まったのだから、歓迎会は開くべきだったかもしれない。今の話を聞く限り、桃子も不満を感じていた可能性は高い。

なんて考えなしだったんだ、俺は……と恥じ入りつつ、章は頭を下げた。

「桃ちゃんの言うとおりだ。ふたりとも、本当にすまなかった」

「そうこなくっちゃ！」

芝居がかった仕草でパチンと指を鳴らし、桃子は章に訊ねた。

「どこでやります？　お店、探しときましょうか？」

「そうだな……安曇さん、どんな店がいい？　希望があれば……」

「そうね。やっぱり本人の意向は大事だわ」

歓迎会開催は決定事項よ、と桃子に念を押され、少し考えた挙げ句安曇が出したのは、意外すぎる答えだった。

「ここがいいです」

「ここって……『ヒソップ亭』ってこと？」

「はい。私、大将のお料理を食べてみたいんです」

「え、まかないで食べてるよな？」

「はい。何度もいただきましたし、どれもすごく美味しかった。だからこそ、大将がお客さんにお出しする料理をちゃんと食べてみたいんです」

「あーはいはい、やっつけのまかないじゃなくて、本気の料理ってことね」

「やっつけって……」

桃子のストレートな表現に思わず膝から力が抜けそうになる。

そんなつもりはまったくないが、まかないは手が空いているときに適当な材料を使って作るのが常だから、『やっつけ』ととらえられても仕方がない。それでも、まかないが美味しいからこそ『本気の料理』を食べてみたいと言われれば、悪い気はしなかった。

「なにより『ヒソップ亭』なら時間を気にする必要がないわよね。歓迎会のためにわざわざ都内から来てもらうのはしのびないし、どうしたって仕事が終わってからになるでしょ？　だったらここが一番だわ」

「大将には申し訳ないんですけど……」

よその店を使えば、章自身がのんびり飲み食いできるが、『ヒソップ亭』ではそうはいかない、と安曇はすまなそうにする。だが桃子はお構いなしで章の代わりに返事をする。

「いいのよ。ここでやれば、費用だって材料費だけで済む……じゃなくて、よーく考えたら大将が満足してのんびりできるようなお店を探すのは大変そう。いっそここでやったほうがいいわ」

「あー……それはありそうですね」

料理の出来は言うまでもなく、食器や接客にまで目を光らせるに違いない。あえて言葉に出したりしないが、目が不満を訴える。そんな光景が目に浮かぶと安曇は笑った。

「もちろん、私もお手伝いします……というか、勉強させてください」

こんなに深々と頭を下げられたら、断るに断れない。もとより、よその店に行っても満足できることは思えない。料理が出てくるたびに素材をいちいち吟味し、俺ならこうする、なんて考えてしまうだろうし、運んできた従業員の前掛けや制服の汚れまでチェックしそうだ。そうした意味で『ヒソップ亭』というのは、最良の選択に思える。なにより、主賓となる安曇自身が章の『本気の料理』を食べてみたいと言っているのだから、断る理由はなかった。

「わかった。じゃあ、安曇さんの歓迎会はうちでやろう」

「やったー！」

桃子が、そこまで喜ぶか、と思う声を上げた。考えてみれば、彼女もまかないばかりでまともに『ヒソップ亭』の料理を食べたことがない。諸手《もろて》を挙げて歓迎ということなのだろう。もしかしたら家族同然のメンバーだから安心安全という思いもあるのかもしれない。

その後、桃子の陣頭指揮で歓迎会の日取りが決められた。情けない話だが、いつもならそれなりに現れる客が、今日に限ってぽつり……ぽつり……と始まったばかりの雨漏りみたいなペースで、時間がたっぷりあったのが幸いした。

安曇の予定を最優先に候補を三日ぐらい選んだあと、『猫柳苑』のフロントに走っていって勝哉と雛子の予定を照らし合わせる。その結果、歓迎会は五月十六日、四年遅れの桃子の分も兼ねてということになった。

三ヵ月遅れですらどうかと思うのに、四年も経ってから歓迎会を開くなんて……と勝哉は天井を仰いだそうだが、雛子は『やらないよりマシ』と断言したらしい。戻ってきた桃子は「女将さん、相変わらず『さっぱりさばさば系』だわー」とやたらと嬉しそうにしている。

「しかも、大将がそういうとこ全然気が利かないのを知ってるんだから、私たちがちゃんと助言すべきだった、って謝られちゃった。さすがにまいったわ」

「どうせ俺は気が利かないよ！」

「全然気が利かないってのは言いすぎかな。大将の場合、ただ相手が限定的なだけで」

「客限定って言いたいんだろ？」

「あ、わかってるんだあ！」

そこで桃子は盛大に笑い声を上げた。一方安曇は、章を庇う発言をしてくれた。

「そんなことありませんよ。大将は私がここにお世話になるにあたって、いろいろ考えてくださいました。それに、お客さんにちゃんと気を遣えてるなら問題ないかと……」

「だよな！　そもそも俺は人間ができてないから、女将みたいに守備範囲が広くないんだ。客から従業員から旦那から、一切合切任されるなんて考えられない」

「わかります。大将って、お客さんはもちろんお料理を作る上でもすごく気を遣ってますよね」

「料理人が料理に気を遣わなくなったら終わりだよ」

そんな当たり前のことを……と呆れる章に、今度は桃子が口を開いた。

「そうとは限らないんですよねー。そりゃあ料理人なら通り一遍の気は遣ってるでしょうけど、大将ほど細やかじゃありません。なんていうか、大将はお料理に対してはいつだって真剣そのものので、どうかすると花嫁の父みたいになってます」

「花嫁の父？」

なんだそりゃ……と怪訝そうにしている章をよそに、安曇は大きく頷いた。

「言い得て妙です。丁寧に丁寧に作った一皿をお客さんに出すときの大将の顔って、娘をお嫁に出すときのお父さんみたいです。『ヒソップ亭』では見たことありませんけど、万が一お客さんが料理をほったらかしておしゃべりに夢中になってたとしたら、うちの娘を蔑《ないがし》ろにしやがって、みたいな目で見るんじゃないかなって……」

「あー……そういえば私、一回だけ見たことあるわ。確か天ぷらだったかな……」

天ぷらと言われて思い出した。過去に一度だけ、出された料理に箸もつけずにしゃべりまくった客がいた。

料理というものは基本的に熱いものは熱く、冷たいものは冷たい状態で出される。言い換えれば、その料理が一番美味しく食べられる温度で提供されるのだ。大半の客はそれがわかっているため、目の前に料理が出てきたら話を中断して箸を取る。特に『ヒソップ亭』の客はその傾向が強く、どれだけ話に花が咲いていても料理の放置はあり得なかった。

それなのに、ある日そうではない客が訪れた。

文字どおり初見の客、しかも『猫柳苑』の宿泊者ではなかった。おそらく『猫柳苑』の玄関脇に立てられた『お食事できます』の看板に惹かれて入ってきたのだろう。当然『ヒソップ亭』がどういう店かは知らず、品書きにずらりと並んだ銘柄を見て息を呑んだ。どうやら相当な日本酒好きだったらしい。

日本酒好きが豊富な銘柄リストを見たときに興奮するのはよくわかる。章自身、何度も経験しているからだ。嬉しさのあまり、酒について熱く語りたくなる気持ちも十分承知している。だからこそ、手を忙しく動かしながらも客の話はちゃんと聞くし、質問には丁寧に答える。なにより、そういう客は酒に詳しく、章が知らない銘柄を教えてくれることがある。

全国に日本酒の銘柄は数えきれないほどあり、日々新しい酒も生まれている。どれほど勉強しても、全部を知り尽くすことなどできっこない。その上、同じ銘柄でも年によって出来が違う。今年の○○は……などと語り合うのは、章にとっても大きな楽しみなのだ。

だが、その日の客はあまりにも多弁すぎた。しかも興味は日本酒にしかないらしく、突き出しの小鉢にすら手をつけることなくひたすら話し続ける。これほどしゃべりながらよくもあんなスピードで呑めるものだと感心する一方で、空酒は身体に悪いのに……と心配になった。

とはいえ章は医者ではないし、泥酔してものを壊すとかほかの人間に迷惑をかけない限り、口を挟むことではない。正直うるさい客だと思いながらも相手をしていたのである。

その客は、銘柄を変えながら三合ほど酒を呑んだところでおすすめ料理を訊ねてきた。胃の中に入っているのは酒だけ、時刻も午後十時近くになっていたから、さすがに腹が減ったのだろう。

どんな日本酒にも合いそうで、少しは腹の足しになりそうな料理をいくつかすすめてみたが、どれもぴんとこなかったらしく、彼が選んだのは天ぷらの盛り合わせだった。

品書きには盛り合わせとあるだけで、内容までは書いていない。極力消化のよさそうな食材を選んで揚げたが、その間も男の話は止まらず、悪い予感しかしなかった。

挙げ句の果てに、それまで酒についてだけだった彼の話が料理に及んだ。揚げ立ての天ぷらを前に、このアジはどこで獲れたものだとか、サツマイモはどの品種だとか質問を重ね、答えるたびに蘊蓄《うんちく》を垂れ流す。蘊蓄だけならまだしも、こんな田舎町の食堂でまともに食えるのは天ぷらぐらいだ。今は便利な天ぷら粉があるし、食材さえまともならどうにでもなる。むしろ、天ぷらにして旨くならない食材は思いつかない、とまで……

そうこうしているうちに天ぷらの熱は冷め、細心の注意を払って揚げた大葉は冷えきってしまった。

食わないんだったら頼むな！　そんな言葉が喉元までできた。天ぷらをうまく揚げるのにどれほど修業がいるか知っているのか！　と怒鳴りたい気持ちを抑えつけ、なんとか平静を装った。結局、アジとサツマイモを半分食べただけで男は帰っていったが、あのときの悔しさは忘れられない。自分では抑えつけたつもりでいたが、桃子が指摘するところを見ると、鬼の形相になっていたのだろう。

記憶の海に沈めきったはずの感情がゆらりと浮き上がり、眉間に深い皺が寄る。はっとしたように桃子が言った。

「ごめんなさい！　嫌なことを思い出させちゃった……」

慌てて謝る桃子に、章は苦笑いで答えた。

「いいんだ。あのときは確かにむっとした。呑み方も、食い方も客の自由だ。それはわかってても、酒や食材の作り手のことを考えたら、もうちょっと大事に味わってくれよ、ってさ」

「料理の作り手は除外ですか？」

それまで黙って聞いていた安曇に訊ねられ、章は真顔で答えた。

「それもあるけど割合は低いよ。酒や食材に比べたら、料理を作る手間なんて一瞬みたいなものだ」

「それだって長い修業があってのことじゃないですか」

「うん、わかってる。それでもさ……」

酒も食材も、出来上がりさえすれば呑んだり食べたりすることは可能だ。修業を積んだ料理人でなくても旨い料理を作れる人はいる。そう考えれば、料理人の存在は付加価値でしかないと章は思うのだ。

「付加価値……まあ……そうかもしれませんけど……」

微妙に俯いてしまった安曇を見て、桃子が章に責めるような目を向けた。

章同様料理人である安曇にこんな言い方をするのはひどい、とでも思っているのだろう。

「桃ちゃん、そんな恐《こわ》い目で見ないでくれよ」

「だって……あんまりじゃないですか。安曇さんは大手企業に入社しながら、料理人を目指して再スタートを切った人なんですよ。大将は、料理人のプライドとか気持ちとか一番わかってるはずじゃないですか。それなのに……」

「わかってるからこそ言うんだよ。むしろ、料理人以外にこんなこと言われたら俺だって暴《あば》れる」

「え……？」

そこで桃子と安曇は顔を見合わせた。ふたりして、章がなにを言いたいのかさっぱりわからないという表情である。やむなく章は説明を加えた。

「あくまでもサービス業なんだよ、俺たちは。暑さや寒さに苦心惨憺《さんたん》しながら食材を作ったり、酒を造ったりする人間と同列に語れない。俺だってついつい、こっちはこっちで別な苦労がある、って言い返したくなるし、たぶん安曇さんもそうなんじゃないかな。だからこそ俺から言っておいたほうがいいって思ったんだ。わりと大事なことだし……もしかしたら俺だけかもしれないし、うるさがられるかもしれないけど……」

話しているうちに、だんだん声が小さくなっていく。自分の言っていることが、正しくないような気がしてくる。そんな章を力づけるように、安曇が大きく頷いた。

「私だって同じです。料理人の苦労を知らない人に言われたら怒ります。怒るって言うより、鼻で笑っちゃうかも……。でも本当に大事なことだし、大将の言葉なら素直に聞けます」

「よかった……。じゃあ、俺が一番許せないのは、酒や食材を無駄にすることだし、料理人も客も関係ないってことは覚えておいて」

「そうそう。だからこそ、どんないい食材でも味が落ちる前にまかないに回ってくる。ありがたい、ありがたい……」

最後は、両手をすりあわせて拝み始めた桃子に安曇が噴き出し、その話は終わった。

「ってことで、安曇さんと桃ちゃんの『歓迎会』は『ヒソップ亭』にて開催決定。食べたいものがあったらあらかじめ言っておいて。酒もできるだけ好きなのを用意するよ」

「いいんですか！　私、すっごく高いお酒とか言っちゃいますよ？」

「歓迎会が遅れた分の利子だと思うことにするよ。なんなら軍資金は支配人たちからも分捕る」

「えー――払ってくれますかね？」

「私たちがちゃんと助言すべきだった、って女将が言ったんだろ？　その責任を取ってもらう」

「うわー……ひどい」

「いいんだよ。あいつらどうせ、ここぞとばかり食いまくるんだから」

安曇と桃子に勝哉夫婦を加えた宴会――考えただけでも楽しそうだ。

思えば『ヒソップ亭』を開いてから、勝哉や雛子とゆっくり呑んだことはない。支配人夫婦が揃って留守にするわけにはいかないし、章自身『ヒソップ亭』の営業があるので諦めていた。だが、『ヒソップ亭』を使うなら、問題はすべて解決だ。

こんな簡単なことに今まで気がつかなかったなんて……と我ながら呆れてしまう。とはいえ、もしも『猫柳苑』の夕食を復活させるとしたら、章は今以上に多忙となる。仕込みの量も段違いになるし、プライベートで料理を作る余力もなくなりそうだ。

千載一遇、二度目はないのかもしれない。そう思うと、より一層成功させたい、楽しみたいという気持ちが湧いてくる。

安曇や桃子の要望を訊きながら、章も浮かれ気分だった。


翌日、朝食を終えた宿泊客たちがチェックアウトしていったあと、勝哉が『ヒソップ亭』にやってきた。なにかと思えば、心配そうに訊く。

「おい、大将。昨日の話だけど、本当に大丈夫なのか？」

「歓迎会のこと？　本人がこの日にしてくれって言ってるんだから大丈夫だろう」

安曇が候補に挙げた日はすべて土曜日だった。彼女は火曜日と土曜日は『ヒソップ亭』、水、金、日曜日は都内の鶏料理店で働いている。歓迎会のためにわざわざこの町に来てもらうのは大変だろうし、火曜日でも土曜日でも翌日は仕事がある。困ったな……と思っていたところ、本人が土曜日にしてほしいと言い出した。

鶏料理店での勤務は午後六時からだから、歓迎会のあと『猫柳苑』の従業員用の部屋に泊まったとしても十分間に合う。夜中の宴会の翌日に仕事というのは大変だが、歓迎会を開いてもらえるのは嬉しい。月曜日は休みになるから多少の無理は利くと判断したのだろう。

ところが、章の話を聞いても勝哉はなんだか腑に落ちない様子だった。そこにやってきたのは桃子だ。

「どうしたんですか、支配人？　やけに難しい顔して……」

「どうやらこいつ、安曇さんが日曜日に仕事があるのが心配らしい」

「あーそれ、大丈夫みたいですよ。安曇さん、連休明けはしばらく日曜日もお休みになるんですって。たぶん、連休中はずっと出ずっぱりとかで調整が入るんじゃないかな」

「なんだ、そういうことか……」

それならなおのこと大丈夫、翌日の仕事を気にせずのんびりできるだろう。だが章がほっとする一方、勝哉の難しい顔は緩まない。それどころか、もっと厳しい顔で訊ねた。

「安曇さんが勤めてる鶏料理店って、確か『鶏百珍《とりひゃくちん》』だったよな？」

「そうだよ。ありとあらゆる鶏料理を出したいから『鶏百珍』にしたって聞いた。もっとも実際はほとんどが焼き鳥や揚げ物で、百珍にはほど遠いみたいだけど」

「そうか。うーん……」

勝哉にしては珍しく言葉を濁す。まどろっこしくなった章は、思わず語気を強めた。

「なんだよ、おまえらしくないな。はっきり言えよ！」

「はっきり言いたいのは山々だが、ちょっとあやふやな情報なんだ」

そのつもりで聞いてくれ、と前置きをしながら勝哉が話した内容は、彼の難しい顔を納得させるものだった。

「……ってことは、安曇さんが勤めてる店は相当危ないってことですか？」

「ああ。『鶏百珍』は都内に二十店ぐらいあるんだが、先月二店舗閉めた。聞いたら先々月も三店舗閉めたらしい」

二ヵ月で五店舗閉めるというのはただ事ではない、と勝哉は眉根を寄せた。

「確かに閉店続きなのかもしれないけど、今ってあんまり景気はよくないし、仕方がないだろ。採算が取れない店を閉めるのは当然というか……。やってても赤字が増える一方なら俺だってそうするよ」

「それにしたって五店舗は多すぎる。しかも俺が聞いたところによると、閉めた店のパートやアルバイトは言うまでもなく、社員まで解雇したらしい」

「社員まで!?　ほかの店に移すとかしなかったんですか？」

桃子が素っ頓狂な声を上げた。さすがにこれには章も絶句する。

店を閉める場合、働いていた人間をどうするかというのは大きな問題だ。誠意のある経営者であれば、たとえアルバイトやパートだったとしても、生活に配慮して近隣の店舗に移すなどの対策を打つのが当然だろう。ましてや社員をそのまま解雇するなんて考えられない。

「よっぽど人が余ってるんですね……」

桃子の言葉に、勝哉もため息を重ねつつ答える。

「ちょっと前までは飲食業界は人手不足で大変だった。むしろ景気が悪くなってちょうどよくなったって店もないわけじゃないが、未だに人が足りなくて大変なところも多い。特に席数が多くて客を回転させまくって稼ぎたいチェーン店は従業員だってたくさん欲しいはずなんだ」

「それでも首にしちゃうってことは、お客さんの数がそれぐらい少ないってことになりますね」

「もしくは、引き取りたくても経費がない。もしかしたら赤字店舗が多すぎて、ひとつふたつ黒字店があっても補いきれないのかも」

「ってことは、繁盛してる店でも人を増やせないってことですか？」

「そのとおり。悪夢のワンオペまっしぐらだ」

「最悪！」

吐き捨てるように言ったあと、桃子は心配そうに章に訊ねた。

「しばらく日曜日は休みって言ってたけど、ずっとそのままの可能性もあるってことですよね？ 安曇さん、大丈夫かしら……」

「週に三日が二日になるのは、収入を考えたら大打撃だろうな。かといって、シフトに入れてもらってものすごく少ない人数で馬車馬みたいに働かせられるのも辛い」

「そんな状態になったらサービスは落ちる一方、客はどんどん離れる。赤字転落でまた閉店……俺が心配してるのはその連鎖だよ」

最後は会社そのものが潰れてしまう。そこまでいかなくてもパートの安曇はいずれ解雇されるだろうと勝哉は言う。長く飲食業界にいる章は、そんな会社をいくつも見てきた。勝哉の懸念は十分納得のいくものだった。

「俺は、早いうちにほかを探したほうがいいと思う」

「支配人はそんなことおっしゃいますが、そう簡単には見つからないでしょう？」

「時期が悪いな……ってか、この時期だからこうなってるのか……」

桃子と勝哉の眉間には皺が寄りっ放しだ。さらに桃子は嘆く。

「せっかく料理人を目指して頑張ってるのに、なんでこんなことに……」

「安曇さんが料理の道に入ろうとしたときとは、状況が全然変わっちまった。運が悪いでは済まないけど、そうとしか言いようがないな……」

「大将……安曇さんはこの状況がわかってるんでしょうか？」

「頭のいい子だから、薄々は感づいてるんだろうな。だからこそ料理に力を入れたい、歓迎会を開くなら『ヒソップ亭』で、っていうのもそのせいかも」

安曇が『ヒソップ亭』に来たのは、鶏以外の料理もしっかり学びたいと考えたからだ。『鶏百珍』での仕事に先がないなら、新しい仕事を探す必要がある。それなら幅広い料理を身につけるべきだ、と彼女なら思うだろう。

「大将の料理をしっかり味わってみたいって、就活の一環だったんですか」

「食べてみたいって気持ちはもちろんあるだろうけど、半分ぐらいはそっちだろうな」

「だったらちゃんと仕込んであげてください！　っていうか、安曇さんのシフト、もっと増やせないんですか？」

『鶏百珍』で減った分、『ヒソップ亭』を増やせばいい。そうすれば安曇は料理を学べるし、収入だって増える、と桃子は息巻いた。

章だってできればそうしてやりたい。できれば週に五日でも六日でも来てほしい。だが、現状では難しい。徐々に増え始めているとはいえ、『ヒソップ亭』の売上を考えれば、今以上に人件費を増やすことはできなかった。

「すまん……うちがもうちょっと繁盛してれば……」

情けなさそうに言う章に、桃子がはっとしたように答えた。

「ごめんなさい。私だって無理やり働かせてもらってるみたいなものなのに……」

「無理やりってことはないよ。桃ちゃんは、俺ひとりじゃどうにもならないから来てもらったんだし、安曇さんにしても、代わりの料理人がいれば俺が助かるからって勝哉たちがすすめてくれたんだ。どっちも俺には必要な人なんだよ。それだけに……」

章は、不甲斐ない気持ちで一杯になる。そこで頭をかすめたのは、やはり『猫柳苑』のことだった。

――もしも夕食を復活させることができたら、安曇さんの問題は解決する。もともとはその目的もあっての採用だ。それでもあのときと今では状況が違う。『鶏百珍』と同じように『ヒソップ亭』いや『猫柳苑』そのものだって、とてもじゃないけど順風満帆とは言えないんだよな……

もともと繁盛しすぎて困るような宿ではなかった。適度な客数で静けさやのんびりした雰囲気を楽しんでほしい、と常々勝哉は言っていた。章もそれには大賛成だったし、待っている人を気にして客がくつろげないような店にはしたくなかった。けれど、昨年から今年にかけて景気はみるみる悪化し、回復のスピードはこちらが願う半分もない。このまま行けば、勝哉の言葉が負け惜しみにしか聞こえない日がやってくるだろう。

落ちた客足を取り戻す手段として夕食を復活させてはどうか、という提案はできなくもないが、この状況で勝哉が聞き入れるだろうか。安曇を雇い入れるにあたって、勝哉は夕食の復活を約束したわけではない。もうひとり料理人がいれば章に休日ができる、と言った。もうひとりいれば、たとえ『猫柳苑』の夕食を再開しても料理長が過労で倒れるなんて羽目にはならない、とも言っていたが、頭にしっかり「たとえ」という言葉がついていた。勝哉は嘘《うそ》が嫌いだが、あれはあくまでも「たとえ」の話だと言われてしまえば、反論の余地はない。口下手な章が、勝哉を論破できるはずがないのだ。

「『猫柳苑』はともかく、なんとか『ヒソップ亭』の客だけでも増やせるように頑張らないと……」

共存共栄が望ましいのは言うまでもない。だが、勝哉が腰を上げない限り『猫柳苑』の夕食を請け負って売上を増やすという手は使えない。安曇のシフトを増やせるよう、こちらの経営を上向かせたいが、具体的な手段はまったく思いつかない。

ないない尽くしの現状に、ため息が止まらなくなってしまう。そんな章の肩を、桃子がぱーんと叩《たた》いた。

「やめましょ！　ため息ばっかりついてても、いいことなんてひとつもありません。まずは歓迎会を盛大に楽しむ。あとのことはそれから考えましょう」

「そうだな……まずは目の前にあることからだよな……」

歓迎会は目の前にあることなのか？　と内心苦笑いしながら、章はメモ用紙を取り出す。

そこには安曇と桃子が食べてみたいと言った料理の一覧がある。ふたりはただ食べられればいいと思っているようだが、どうせ食べさせるならきちんとコース料理にしてやりたいと章は考えている。単品料理とコース料理では気をつけなければならないことが違う。いくつもの料理をバランスを考えつつ組み立て、ほどよい間合いで出さねばならないコース料理は、料理人にとって腕の見せどころだ。

さらにコース料理を客として味わうことで、安曇が得るものもあるだろう。

「それにしても安曇さんのリクエストってけっこう普通でしたね」

メモを覗き込みながら桃子が言う。

言われてみれば、安曇が希望したのはメバルの煮付け、サワラの西京焼き、山菜の天ぷら、筑前煮、筍飯に加えて鍋物か具だくさんの汁物といった温かい料理、できれば肉料理も一品……と品数こそ多いが料理名から想像できないようなものはひとつも入っていない。

けれど、それを普通と言い切れるのは、桃子が料理人の娘だからだろう。

「普通の料理ほど腕を試されるものはない。それ以前に、こういう料理を食う機会がないんだろうな、安曇さんは」

「そうなんですか？　基本のお料理は料理人の腕次第っていうのはよくわかりますけど、食べる機会がないって……焼き魚とか煮魚とか、普通に家で出てくるでしょ」

ひとり暮らしをしているにしても、それはここ二、三年の話だ。それまでに家で食べていたのではないか、と桃子は言う。まさに料理人の子、そしてこの町で生まれ育った桃子ならではの発想だった。

「どうだろうな……近ごろ、魚を煮たり焼いたりする家はかなり減ってるらしい。魚料理は面倒な上に、そもそも魚は値が張る」

「えーお肉だって高いですよー」

魚よりむしろ肉のほうが……と、桃子は譲らない。そこで章は、ちょっと意地悪な質問をしてみた。

「桃ちゃんちってさ、普段の食事にかなりよい素材を使ってるんじゃない？　肉とかどれぐらいの買ってる？　グラム単価とか……」

そこで桃子が答えた値段は、章の想像どおりだった。

「ほらね。それってかなり高級な部類だよ」

「だって、うちのお母さんはもうそんなに食べられないし、それならせめてよいものを食べてほしくて……それに私だってたくさん食べたら太っちゃうし……」

桃子の声がどんどん小さくなっていく。慌てて章はつけ足した。

「責めてるわけじゃないよ！　ただ、桃ちゃんもおふくろさんも、いい意味で口が肥えてるから半端《はんぱ》な食材じゃ満足できないいんじゃないかって思っただけ」

桃子の父は『猫柳苑』の食事を長年にわたって担い続けた一流の料理人だ。普段の食事はもっぱら母親任せだったにしても、食材そのものはよいものを使っていたに違いない。そんな家に育った桃子が、半端な食材で満足できるわけがない。

章の説明に、桃子はしぶしぶのように頷いた。

「まあ……そうかもしれません。会社に勤めていたころ、同僚とスーパーで会ったりすると、そんなに高いお肉を買ってるの、って驚かれました」

「そういうことだよ。桃ちゃんは普段からいい食材を使ってる。いわゆるよい肉は値が張る一方、海に近いこの町では新鮮で旨い魚が安く手に入る。それで、桃ちゃんの中では魚のほうが安いってことになっちゃってるんだろうけど、都会で新鮮で旨い魚を手に入れようと思ったら、肉より金がかかりかねない」

「そう言われればそうかも……。会社に勤めてたときは魚なんて買ってませんでした。こんなのがこの値段!?　とか思って……。考えたこともなかったけど、私ってかなり『特殊事情の人』だったんですね」

「特殊事情とまでは言わないけど、いいものを食べて育ったのは確かだろうな。そして、この町はかなり魚が安い。だから……」

「あーもう、わかりました！　普通の家ではそんなに頻繁に魚を食べない。食べていたとしても『ヒソップ亭』ほど上等じゃない。だから安曇さんは煮魚や焼き魚をリクエストした、ってことですね！　よかったですね、大将！」

やけくそのように桃子に言われ、今度は章が首を傾げた。

「よかったってなにが？」

「ここは海の町です。そして『魚信』さんの魚は天下一品、多少腕が悪くても感動してもらえること請け合いです」

「腕が悪くても!?」

「ご心配なく。あくまでも『多少』です」

「桃ちゃん、ひでえ……」

結局、桃子に言いたい放題され、章は撃沈した。

いずれにしても素材に料理の出来を左右されるのは間違いない。とりあえず魚を確保するところからだ。が、メバルもサワラも今が旬だが、仕入れるかどうかは信一の心ひとつだ。そもそも海が荒れて入荷しない可能性もある。あらかじめ頼んでおけば少しは安心、ということで、章はさっさと仕込みを終わらせ『魚信』に出かけることにした。

「お、『ヒソップ亭』の大将じゃねえか！　しばらく顔を見なかったが、元気だったか？」

『魚信』に着くか着かないかのタイミングで、信一の挨拶が飛んできた。相変わらず元気いっぱい、あたりに響き渡るような声に耳をふさぎたくなりつつも、挨拶を返す。

「はい、おかげさまで。親爺さんもお元気そうですね」

「魚屋が萎れちまったら世も末だ。いくら生きのいい魚を並べたって旨そうに見えたもんじゃねえ。多少空元気でも声を張るってもんさ！」

「空元気なんですか？」

「いや、普通に元気いっぱいだ」

なんだ、とほっとしながら、章はメバルとサワラが欲しい旨を伝えた。

「サワラはまず問題ないが……メバルはちょいと確約はできねえな。海の機嫌次第だ」

この時季、サワラは豊富に市場に出回っているから仕入れるのは難しくない。特に西京焼きは塩焼きや煮付けと違って西京味噌に漬けた状態で保存できる。状態のいいサワラがあったときに、仕込んでおけばいい。

だが、メバルは少々事情が異なる。青森、秋田といった東北地方ではメバル専門の漁がおこなわれているが、『魚信』で扱うメバルは、基本的には地元の漁師の網にかかったものか、信一自ら釣り上げたものだ。手に入るか入らないかは、その日の運次第だった。

「俺様の腕なら、ちょいちょいっとゴロタ場を攻めれば一匹ぐらいなんとかなる。尺メバルがかかる可能性だってある。だが、それも天気がよければの話だ。多少の雨ならまだしも、風が吹いちまうとなあ……」

　ゴロタ場というのは、波に削られた石——ゴロタがごろごろ転がっている海岸のことだ。石と言っても、人が両手でやっと抱《かか》えられるほど大きなものがほとんどで、どちらかといえば岩と表現すべきものだ。ゴロタ場には水中生物が多数生息するため餌は豊富、荒波からも守られ魚にとって都合のいい隠れ場所である。そのためゴロタ場は恰好の釣りポイントで、カサゴ、アイナメ、黒鯛《クロダイ》などの根魚《ねうお》が豊富に釣れる。テトラポッドがたくさん並べられている海岸と同様、釣り人はこぞって出かけていくが、足場が不安定なだけに雨風に弱い。まさに天候次第の釣り場だった。

「無理はしないでください。なければないで、別なもので間に合わせますから」

「うーん……釣れなきゃどうしようもないし、俺の腕で釣れないような日は市場にも入荷してないだろうしなあ……」

「相変わらず自信満々ですね。頼もしいです。でも……」

　本当に無理だけはしないでくれ、と重ねて言う章に、信一は困ったように答えた。

「でもよー、こんなに早くから注文をつけに来るところを見ると、よっぽど大事な客なんだろ？」

「いや、客じゃないんです。だからご心配なく」

「客じゃない？」

　そこで章は、怪訝な顔になった信一に遅れに遅れた歓迎会について話した。返ってきたのは、信一のみならず妻の美代子《みよこ》まで含めた呆れ顔だった。

「あのいかにも手際がよさそうな子だろ？　確か安曇ちゃんだったっけ？　でも、あの子が来たのって年明け早々じゃなかったか？」

「さすがに年明けじゃないわ。確か節分のころよ。章さんと一緒に挨拶に来てくれたじゃない」

「どっちにしたってもう五月だぞ。あんまり気の毒じゃねえか。ましてや桃ちゃんのほうもほったらかしって……」

「すみません……俺、本当に気がつかなくて」

「呑気なもんだな。それがおまえのいいところでもあるんだが……。まあ、済んだことは済んだことだ。で、新しい料理人がメバルをご所望ってわけだ」

「そうなんです。メバルの煮付けが食いたいって」

「了解。それならなにがなんでも尺を釣らなきゃな。よし『ヒソップ亭』、おまえも来い」

「え、俺もですか？　でも……」

　魚ならなんでもいいというのなら、ゴロタ場での釣りは難しいものではない。だが、メバルとなると話は別だ。メバルは目がいいためルアーでも餌でもそう簡単に食いついてくれない。とりわけ日中は難しく、熟練の釣り人でもメバルは夜しか釣れないと言うほどだ。もちろん、章の竿《さお》にメバルがかかったことは一度もなかった。

けれど、無理に決まっている、と諦めきっている章に信一は無情に言い放った。

「誰も、おまえに釣れなんて言ってねえよ。ただの話し相手だ」

「話し相手っていうよりも安全確保ね。夜の釣りは危ないし、天気が悪くなってきても自分からはやめないから」

今回のように、はっきりと狙う魚が決まっている場合、雨が降ってこようが風が吹いてこようが、本命を釣るまでは帰ろうとしないかもしれない。章が一緒に行って、危なそうなら止めてほしい、と美代子は頼む。

そういえば、二年ほど前に一度、美代子に頼まれて信一を迎えに行ったことがある。穏《おだ》やかな天候で風もほとんどなく、夜に入っても急変するという予報はなかった。それなのにいきなり空が雲に覆われ、大粒の雨が降り出した。いわゆるゲリラ豪雨というやつだったのだろう。

雨は激しさを増す一方、どっちを見ても空に回復の兆しはない。しばらく待っても信一は戻ってこず、心配した美代子が章に連絡してきた。ちょうど仕込みを終えたところだった章は、勝哉に頼んで車を借り、港に向かった。美代子から、今日は根魚を狙うと言っていた、と聞いて向かったゴロタ場で、章が見つけたのは竿にしがみつくように釣りを続けている信一だった。

「あのときは驚きましたよ。ずぶ濡れで強風に晒されて顔色は真っ白。それでも竿を離さないし」

「いやー、でっけえカサゴとファイト中でさ。餌は取られるし、糸は切られるし、そのうち意地になってきて、なにがなんでも釣り上げてやる！　ってさ」

「無理やり引っ張り戻したときの、親爺さんの手の冷たさと言ったら……あのまま続けてたら、風に攫《さら》われて落ちるか、低体温症でヤバいことになってましたよ」

「大丈夫だよ。けっこう厚着してたし、カイロだって入れてた。風も言うほどじゃ……」

「あーもう、これだから！」

美代子が腹立たしそうに言う。さらに、信一の鼻先に人差し指を突きつけて続けた。

「大丈夫かどうかの判断がおかしくなってるのよ！　あの翌日の新聞を見たでしょ？　近くで釣りをしてた若い子が海に落ちてたじゃない。風邪を引き込んで、そのあと肺炎になって、大変なことになったって……。章さんが迎えに行ってくれなかったら、あなたも同じことになってたかもしれないのよ。同じで済めばいいけど、あの若い子ですらそんなことになったんだから……」

新聞に載っていたのは二十四歳の男性だった。まだまだ体力旺盛な年代なのにその体たらく、五十代半ばの信一なら命にかかわりかねない、と美代子は言う。反論の余地なし、だった。

「そういうわけで、一緒に行ってくれないかしら？」

「もちろんです。ひとりで釣りに行くのは危ないし、夜はもってのほかです」

「助かるわ。ごめんね、無理を言って」

「とんでもない。元はと言えば、俺がメバルが欲しいなんて言ったからですし」

「それもそうね……まあ、早めに釣れることを祈るわ」

「おう、祈っとけ、祈っとけ。おまえのパワーはすごいからな。さぞやでっけえのが、すーぐ釣れるだろうさ」

やけくそのような信一の言葉で、師弟の夜釣りが決定した。

「恐るべし、美代子パワー！」

よいしょーっとばかりに、信一が釣り竿を引っこ抜いた。

上がってきたのは見事な尺メバル、さすが師匠……と思う半面、竿が無事だったことに安堵する。大物の場合、暴れて逃げられるのを防ぐのと、竿を傷めたくないというふたつの理由から上げるときは網を使うのが常道とされる。だが、ゴロタ場の場合、狭くて網が入れられないことが多い上に、そもそもこのあたりの根魚に竿を傷めるほどの大物は少ない。信一は尺メバルを釣る気満々だったが、実際にそんなサイズがかかるのは稀なのだ。

その稀なケースに出くわせたのは、信一の言うとおり美代子の力なのかもしれない。もっと言えば、このタイミングで雨をやませてくれたのも……

なにせ、本日は朝から雨模様、一時間ほど前までかなり強く降っていた。それでも、夜に向けて回復傾向という天気予報の言葉を信じて出かけてきたのだ。幸い、ふたりが糸を垂らし始めるころには雨も上がり、雲間から月まで覗いてきた。雨の日は釣果《ちょうか》が望めるとはいえ、ずぶ濡れになりながらの釣りは楽しくない。美代子のパワーが関与しているかどうかは不明だが、いずれにしてもやんでくれてありがとう、という心境だった。

そして始めたゴロタ場釣りは、最初から絶好調だった。ただし、信一だけが……

章はアタリがまったくない。アタってものらない。のってもばらす、というある意味いつもどおりの釣りを続ける章の横で、信一はカサゴやアイナメを次々釣り上げる。もちろんメバルも何匹か釣れていて、章はもう十分だと思っていた。それでも信一は納得がいかない様子で釣りを続けていたのだ。

そんな中、とうとう釣り上げた尺メバル。信一はフィッシュクリップに挟んだメバルを誇らしげに掲げた。

「どうよ、これ！　ここ最近釣った中では一番のサイズだぞ！」

「お見事です。ここに、こんなでかいのがいるなんて思ってもみませんでした」

「主みたいなものなんだろうな。さっきから何回かアタってきてたんだが、とうとう食いつきやがった。ナイスファイト俺！　いやー満足満足」

そう言いながらも信一は手早く魚を締め、血抜きをする。その後、きれいになったメバルを章のクーラーボックスに入れてくれた。

そのために来たとは言え、迷いもなく渡してくれたことに感動する。ほかにもメバルはあるし、今日一番の大物なのだから、自分が持って帰りたいだろうに……

「これ、俺が持ってってていいんですか？」

欲しいのは山々だが、さすがに気が引ける。金を払えばいいだろう、というレベルの魚ではない。ところが、信一は平気の平左《へいざ》だった。

「なに言ってやがるんだ。俺は魚屋だぞ。しかも五分の一ぐらい漁師がまじった魚屋だ。客の注文で釣りにきた魚を売らなくてどうする」

「そりゃそうですけど、どうせ大した値段をつけやしないでしょ？」

今までも、釣った魚を卸してもらったことはある。しめ鯖《さば》用に釣り立てが欲しくて頼むことも多い。そんなときでも請求されるのはいつもと同じか、もっと安い値段ばかり……いくら章が手間賃を取ってくれと言っても相手にしてくれないのだ。おそらく今日も、同様だろう。

「そりゃそうだよ。仕入れてない魚なんだから安くて当然。手間賃なんざ、お楽しみ料と相殺だ」

聞き慣れた台詞を吐いたあと、信一は釣り道具を片付け始める。到着してから二時間足らず、お楽しみにしては短すぎる釣りだった。

「もういいんですか？　もうちょっと付き合いますよ？」

信一はいつもなら三、四時間、どうかすると六時間近く場所を変えながら釣りを続ける。もっと釣りたいのでは？　と心配する章に、信一はあっさり言った。

「いいんだよ。そいつを上げただけで十分だ。なによりおまえは明日も仕事、人っ子ひとり来なかったとしても、歓迎会の準備をしなけりゃならない」

「人っ子ひとり来ないなんてことはありません！」

微妙に顔色を曇らせた章を見て、慌てたように信一が言う。

「すまん。悪い冗談だった」

「いえ……」

「相変わらず真面目だな、おまえは。だが、あんまり鯱《しゃちほこ》張ってばかりだと、若い子は逃げ出すぞ。せっかく来てくれたんだから、大事にしてやれよ」

「わかってます。それに、俺が変なことをしたら桃ちゃんにぶっ飛ばされます。ついでに勝哉夫婦にも」

「それは恐いな」

がははっと歯を全部見せるような笑い方をしたあと、信一はまた真顔に戻って言った。

「あの子、掛け持ちなんだってな」

「掛け持ち……ああ、ダブルワークって意味ですか？」

「それだ。しかも、どっちもパートだって聞いた。この不景気で都心の店がどんどん潰れてる。本人は気が気じゃないだろ。せいぜい頑張って『ヒソップ亭』を繁盛させて、あの子を本雇いにしてやれよ」

「本雇い……ですか」

「『ヒソップ亭』にふたり目の料理人を入れたのは、おまえが休めるようにってことだろ？　少なくとも、一日や二日ならひとりで店を回せるぐらいになってもらう必要がある。それをパートやバイトにやれってのはひどすぎる。ましてや、いつ首を切られるかわからないって心配しながらじゃ、修業にも身が入らない」

不景気だから、よそに移ろうにもなかなか見つからない。それをいいことに、悪条件で働かせるようなことをしてはいけない。責任を負わせたいなら、それなりの待遇が必要だ、と信一は力のこもった声で言う。

あまりにまっとうな意見に返す言葉が見つからなかった。

「この間大将が帰ったあとで聞いたんだが、実はあの子、うちのかみさんとすっかり仲よくなってるらしくてな。うちには娘がいないから、美代子もかわいくてならないんだろ」

「いつの間に……？」

『魚信』は駅から『猫柳苑』までの通り道にはない。一度だけ紹介するために連れていったが、それ以後は遣いを頼んだこともないし、安曇が美代子と接する機会はなかったはずだ。ふたりが仲よくなったというのは、章には意外すぎる話だった。

「あの子はちょくちょく海に来るんだとさ。週に二回、そう長い時間じゃない。せいぜい十分か十五分ぐらいかな……。よっぽど天気が悪くない限り必ず」

「週に二回……出勤前ってことですか？」

「そうなるな」

「よく間に合うな……」

朝夕の通勤通学の時間帯を除いて、この町に着く電車は一時間に一本か二本だ。安曇の勤務開始の四時にちょうどいい電車だと、寄り道する暇はないはずだ。もしかしたら、海に行くために早めの電車に乗ってくるのだろうか……

首を傾げる章に、信一は小さく頷いた。

「海が見たくて、一本早い電車で来てるんだってさ。で、うちの前を通るたびに挨拶したり、ひとことふたこと話したり……。暇なときは美代子もくっついて海に行くこともある」

少しでも迷惑そうな様子があれば控えただろうが、むしろ安曇のほうから誘ってくれる。それどころか、今日は忙しくて……と言うと残念そうな顔をする。それなら、ということで、散歩がてら連れだって海に行くことにしているそうだ。

「話し相手が欲しいのかもしれない。うちのもそうだが、たぶん女同士のおしゃべりってやつがしたいんだろう。今では週に二日、あの子が来るのを楽しみにしてるよ」

「そうだったんですか……」

「そんなわけで、美代子はもちろん、俺もあの子のことはいろいろ知ってるし、心配もしてる。

真面目で勉強熱心ないい子だ。なんとか身が立つようにしてやってくれよ」

「……頑張ります」

自分の知らないところで安曇が信一夫婦とつながっていた。それは章にとって、かなりほっとする話だ。なぜなら、彼女がこの町に根づこうとしている証のように思えるからだ。ただの勤め先なら、一本早い電車で来たりしないし、町の人と言葉を交《か》わす必要はない。百歩譲って、安曇が無類の海好きだったにしても、わざわざ美代子を誘って海に出かけたりしないだろう。

安曇は『ヒソップ亭』もこの町も気に入ってくれている。彼女を『本雇い』にするために『ヒソップ亭』を繁盛させる。本末転倒なのかもしれないが、不思議とやる気が出てくる。

——自分じゃなくて、人のために頑張るってのはちょっといいな……

ナルシストか！　などと自分で自分に突っ込みながら、章はクーラーバッグの中の尺メバルをほれぼれと眺める。

「いずれにしても、まずは精をつけてもらわなきゃな。そいつをうまいこと料理して、たっぷり食ってもらってくれ。あ、そうだ……」

そこで信一は、自分のクーラーバッグを開けた。ごそごそやったあと取り出したのはスズキ、尺メバルに負けず劣らずの大物だった。

「これも持ってけ。で、このあとうちに寄れ」

「え、でも……」

時計の針は午前零時を回ったところだ。いくら懇意にしてもらっているとしても、よその家を訪れるのは憚《はばか》られる時刻である。さすがにそれは……と断る章に、信一は笑って言った。

「家に上がれなんて言ってねえよ。店から持ってってもらいたいものがあるだけ」

「なんですか？」

その問いには答えず、信一はまとめた釣り道具とクーラーバッグを担ぎ、乗ってきた軽トラに向かう。荷物と慌てて追いかけた章を車に押し込み、走ること二分で『魚信』の前に到着した。

「ちょいと待ってろ」

ゴロタ場釣りに行くときはたいてい信一の車に乗せてもらう。場所的にはすぐそこだが、空ならまだしも氷や獲物が入ったクーラーバッグは重くなるし、竿やルアーもけっこう嵩張《かさば》る。車に積み込んで移動するほうが圧倒的に楽な上に、信一に時間があるときはアパートまで送ってもらえてありがたいのだ。車から降ろされなかったところをみると、おそらく今日も送ってくれるつもりだろう。

店のシャッターを少し開け、身をかがめて入っていった信一は、レジ袋を手に戻ってきた。渡されたレジ袋を覗き込むと、鮮やかなオレンジ色が見えた。

「うわ……ウニじゃないですか！」

「あの子の入店祝いってとこだな」

「こんなのいただいていいんですか？」

「心配するな。実はそれ昨日のだ」

昨日のだ、と言われても、薄い木箱に並べられたウニはしっかり角が立っている。ウニは時間が経てば形が崩れてどろどろになってしまうが、渡されたものはまだまだ箸でつまめる。スーパーどころか、百貨店でも値引きシールとは無縁の代物だった。

「全然きれいじゃないですか」

「それでも昨日のは昨日のなんだよ。明日になったら一昨日のになっちまう。だからおまえにやる。スズキと古いウニ、あとはわかるな？」

「ひえーもったいねえ……」

思わず口をついた言葉に苦笑しつつ、信一は運転席に座る。確かに、説明されなくても信一が考えている料理はわかっている。それがいかに旨くて贅沢な料理かも……

おそらく安曇は目を見張るだろうし、勝哉夫婦も絶句する。料理人の娘である桃子ですら、食べたことがないかもしれない。それは、三ヵ月あるいは四年という歓迎会の大幅な遅れを一気に挽回できそうな料理だった。


「た、大将、なんてことするんですかー!!」

翌日、夜の営業を終えた『ヒソップ亭』に桃子の悲鳴が響き渡った。

幸か不幸か夜の客は普段より出足が早く、午後九時過ぎには誰もいなくなった。おかげで安曇とふたりがかりで明日の仕込みも済ませられ、悠々と歓迎会の準備を始めることができた。

それまでイワシやアジ、せいぜいサバぐらいしか下ろしたことがなかった安曇に、スズキの捌き方を教える傍《かたわ》ら、ウニの準備にかかったところである。

冷蔵庫から取り出したウニは少しだけ崩れかけてはいたが、まだまだ刺身の盛り合わせでも寿司でも通用する状態だった。おそらく桃子は、舟盛りの真ん中に据えるとでも思っていたのだろう。

ところが章は、プラスティック製の蓋を取るなり、全部を擂《す》り鉢《ばち》にぶち込んだのだ。絶叫するなと言うほうが無理かもしれない。

真剣そのものの目でスズキを下ろしていた安曇ですら、驚きのあまり口が開きっ放しになった。包丁は身の中ほど、皮を剝いでいる途中だというのに……

「お願いだから、そのまま食べさせてー！」

騒ぐ桃子にお構いなしに、擂《す》り粉木《こぎ》を持ち出す。ごりごりと擂る様子を見て、安曇がぎゅっと目をつぶった。

「南無三……」

若いのにそんな台詞を……と笑いを堪えつつ、丹念に擂る。ものの数分で、オレンジ色のペーストが完成した。

「大将、それどうするんですか？　絶対そのまま食べたほうが美味しいのに……」

「まあそう言うなよ。これは『魚信』の親爺さんからの貰《もら》い物なんだよ。しかも、こういうふうにしろって但し書きつき」

正確に言えば但し書きなんてついていない。今風に言うなら『匂わせ』つきといったところか。

とにかく信一がスズキとウニをセットで渡したということは、鍋に仕立てろという意味だった。おそらくミョウバン不使用、出汁に溶かしても嫌な味は一切しないはずだ。

「しゃぶしゃぶにするんだよ。安曇さん、具だくさんの汁物か鍋を入れてほしいって言ってただろ？」

「言いました……言いましたけど……。じゃあこの大惨事は私のせいってことですか？」

ごめんなさい！　と安曇は絶望的な目で桃子に謝る。もちろん、桃子は安曇を咎めるような人ではない。攻撃すべきは誰なのかぐらい心得ていた。

「いーえ、安曇さんは悪くない！　悪いのは大将です！　さもなきゃ『魚信』の親爺さん。あ、なんてきれいなオレンジ色。山葵《わさび》をちょっと載せてお醤油を垂らして食べたら、さぞや美味しかったでしょうに……」

「そんなに責めるなよ。これは絶対に旨いし、こんな贅沢料理そうそう食べられるものじゃない。俺だって作るのは久しぶりだ」

『ヒソップ亭』で出した記憶はない。前に作ったのは首になった料亭で、滅多《めった》に注文が入らない最上級の会席コースの一品としてだった。

「そのままでも十分旨いウニを、あえて潰して出汁で割る。でもって、薄造りにしたスズキをくぐらせて……」

「きゃー！　大将、前言撤回！　早く作ってー！」

ウニを溶かした濃厚な出汁に白身魚をさっと浸す。スズキは昨日釣って一日おいたことで熟成が進んでいる。刺身でも旨いに決まっているが、熱を加えることでさらに甘味が引き出される。まさに口の中の幸福、考えただけで涎《よだれ》がこぼれそうになる。実際に作ったことも食べたこともある章はなおさらで、ついつい手の動きが加速する。さっさと作って味わいたい一心だった。

「コース料理にするつもりだったけど、いきなりこいつからいきたくなってくる」

「コースなんてどうでもいいです。ウニしゃぶ、早く食べたいです！」

「了解！　じゃあ、スズキも急いで！」

「わかりました！」

敬礼とともに答えた安曇は、止めていた手を動かし始める。章ほどではないが、さっきまでとは段違いのスピードで、怪我《けが》をしないかひやひやするほどだった。

それでも、スムーズに下ろし終えたのはさすがだ。調理師免許を持っているとは言え、鶏料理専門店勤めでは魚を下ろす機会はないはずだ。おそらく専門学校を出たあと、定期的に自宅で練習していたのだろう。

三枚に下ろして皮も引いた身を受け取り、章が薄造りにした。その間に桃子がふたつのテーブルを寄せて席を整える。『ヒソップ亭』のテーブルは比較的大きいので、五人ならひとつでもなんとかなるが、肩や肘がくっつきそうな状態ではのんびりできないと考えたのだろう。

コース料理として一品ずつ出すつもりだったが、テーブルふたつ分のスペースがあれば、一度に出しても置く場所には困らない。いっそ全部出してしまおう、と章は西京漬けにしたサワラをグリルにいれ、安曇に鍋を火にかけるよう指示する。

「もう煮てあったんですね！　いつの間に……」

「朝のうちに煮ておいた。薄味に仕上げたかったから、煮冷ましたんだ」

「なるほど……」

煮魚を薄味に仕上げるのは案外難しい。調味料を控えれば薄味の煮汁は作れるが、長く加熱すると身が固くなる魚は味が染み込みにくい。身をふっくら柔らかく保ち、味も染み込ませるにはあらかじめ煮ておいていったん冷ます。冷めていく過程で煮汁を吸わせるというのは、魚に限らず煮物全般に通じる方法だった。

「出来立てを出せばいいってもんじゃないんですね……」

「魚の場合、ちょっとした保険にもなるしな」

「保険？」

「客の前でしくじったら目も当てられない」

うっかり焦がす、煮ているうちに皮が剝がれる、あるいは身を崩してしまう。章はもうそんな失敗をすることはなくなったが、経験が浅い料理人なら起こりうることだ。本来あってはならないことだが、営業中は並行しておこなう作業が多いから、失敗の可能性も上がる。あらかじめ煮ておけば、その心配も半減するのだ。

「先に煮ておけば、万が一客に出せないような状態になってもなんとかなる。知らん顔で作り直して、失敗作はまかない行きだ」

「ひどーい！」

桃子は抗議の声を上げるが、目はしっかり笑っている。章がそんな失敗をしないことも、まかないとして焦げたり煮崩れた魚が出てきたことなどないのも、彼女が一番知っていた。

安曇も笑いながら言う。

「多少失敗しても食材が一流ならそれなりに美味しいでしょう？」

「安曇さん、それは浅はかというものよ。食材が一流だけに、残念感が倍増しちゃうの。あんなに美味しそうな魚だったのになんてこと——！　ってね」

実際の味つけ以前の問題よ、と言われ、安曇は素直に頷いた。

「おっしゃるとおりですね。でも『ヒソップ亭』ではそんな心配はないんですよね？」

「私の知る限り、大将がそういう失敗をしたことはないわ」

「うー……じゃあ、失敗作をまかないにしちゃった第一号は私ってことになりかねないってことですね」

「失敗は成功のもとって言うが、店主としては勘弁してほしいってのが本音だ。大丈夫だとは思うが、そうならないように頑張ってくれ」

そこでスズキの薄造りが完成、煮魚も温まった。サワラはこんがり焼けたし、和え物はとっくに器に盛りつけ済み、テーブルのカセットコンロの上にはウニしゃぶ用の出汁が入った鍋も載っていた。

「あといくつかやらなきゃならんこともあるが、とりあえず後回し！」

章がそう宣言したタイミングで、勝哉がやってきた。

「今日の実入りはどうだった？」

「いきなりそれかよ！」

こんばんはでも旨そうだなでもなく、いきなり売上を訊ねてくる勝哉に苦笑いしながら、章は答えた。

「まあまあだよ。九時過ぎに客が途絶えても、余裕で明日の仕込みにかかれるぐらいの数字は上がってる」

「そうか。ならよかった！　赤字店の歓迎会じゃ景気が悪くてしょうがないからな」

「ご心配なく。『ヒソップ亭』は赤字じゃない。ぎりっぎりだけどな」

「このご時世だ。ぎりっぎりでも赤にならないだけですごい」

「まあな。そんなことより、さっさと始めよう。女将は？」

「フロントに貼り紙してた。すぐに来るはずだ」

「ああ、いつもの『ご用の方はヒソップ亭まで』ってやつか」

「それそれ。ここでやってくれて本当に助かった」

深夜とはいえ、客に困りごとがあれば対応しなければならない。ふたり揃って留守にするわけにいかない経営者夫婦にとって、同じ建物内での歓迎会はありがたいのだろう。しかも、店主は幼なじみで気心が知れまくっているときたら、これほどのんびりできる店はない。幾分多めに虎《と》の子《ら》を吐き出せと言われたところで、ふたつ返事に決まっている。

そうこうしているうちに雛子もやってきて、いよいよ歓迎会が始まった。

「では……」

「ストップ」

みんなが席に着いたのを確認して腰を上げかけた桃子を、片手で制したのは雛子だった。

「桃ちゃんも歓迎される側でしょ？　本当は大将が仕切るべきなんでしょうけど、どうせ立ったり座ったり忙しくなるに決まってるし、ここは私が」

そう言うなり雛子は立ち上がり、ビールが注がれたグラスを掲げた。二杯目以降はご自由に、でも一杯目だけは乾杯用に……と注がれた瓶ビールだった。

「桃ちゃん、安曇さん、ようこそ『ヒソップ亭』へ。今後ともよろしく。困ったことがあったら、なんでも言ってね！　ってことで、かんぱーい！」

雛子は長々と話すことも、章に挨拶を求めることもせず、さっさと乾杯の音頭を取る。ビールの泡が消えないうちに、という下心が見え見えだった。もちろん勝哉も同様だ。さもなければ、黙って雛子に任せたりしない。なんで『ヒソップ亭』の歓迎会をおまえが仕切るんだ、とか、それなら俺が……とか言い出したに違いない。

雛子は立ったまま、ほかは座ったままごくごくとビールを呑む。

勝哉夫婦と桃子、自分も含めての四人はけっこうな酒好き、はっきり言って呑兵衛《のんべえ》だ。安曇についていて断言はできないが、初めて『ヒソップ亭』に来てくれたときのことを思い出す限り、ビールや酎ハイで酔いつぶれるのはかなり困難なタイプだろう。日本酒を呷《あお》ったところで、二合や三合なら平然と呑み干しそうだ。十中八九かなりの酒豪、料理同様酒にも力を入れている『ヒソップ亭』に来るべくして来た人のように思えた。

そんな章の想像を寸分も裏切ることなく、安曇は一息でグラスのビールを空にした。

安曇がテーブルに置いたグラスを見て、桃子があっけにとられている。その顔を見た雛子が、弾かれたように笑い出した。

「桃ちゃん、なんて顔してるのよ」

「だって女将さん……安曇さんたら、私が半分呑む間に空にしちゃうって……」

「喉が渇いてたのよ。ずっと板場にいたんだから当然でしょ。ほら、大将だって……」

雛子に言われ、桃子が中腰になって章のグラスを覗き込む。桃子は章の斜め向かいに座っていたため、鍋に遮《さえぎ》られて見えなかったに違いない。

「ほんとだ……大将もきれいに空っぽ」

「でしょ？　だからさっさと乾杯したのよ。一刻も早く呑ませてあげなきゃって」

「え、そうだったの？　俺はてっきり、女将や支配人が呑みたいんだとばっかり……」

「それもあるけど、大将にはかないません。『ギブ・ミー・ビール！』って顔に書いてあるんだもの」

「マジか……」

そんな自覚はまったくなかった、と首を垂れた章に、四人の笑い声が降り注ぐ。三ヵ月、もしくは四年遅れの歓迎会が和やかに始まった。

とりあえずグラスを置いた勝哉が、さてさて……と箸を手に取る。テーブルいっぱいに並べられた料理の中で、彼が真っ先に選んだのはウニしゃぶだった。カセットコンロの上の鍋を見ただけで、本日一番のご馳走と見抜いたらしい。

「とにかくこれを食わなきゃ！」

そう言いながら勝哉がスズキの薄造りを挟み上げ、出汁の中でスズキの身をゆらりゆらり……肉のときほど豪快に揺り動かさなかったのは、皿の模様が透けて見えるほど薄く切られた魚の繊細さを考慮してのことだろう。

あまりにも神妙な眼差しに噴き出したくなりつつも、章は勝哉の感想を待つ。勝哉は、出汁が垂れないようとんすいで受けつつ口に運び、もぐもぐと嚙んだあと軽く目を閉じた。

その時点で、章はにやりと笑ってしまう。なぜならこれは、子どものころからの勝哉の癖、想像を超えて旨いものに出会ったとき限定の仕草だったからだ。

「旨い！　旨すぎる！　白身の刺身にウニをのっけて食ったことはあるが、これは別物だ！」

「そりゃそうだよ。火を通すか通さないかで味わいは全然違う」

「ほんと……甘みがすごいわ」

続いて食べてみた雛子も感嘆の声を漏らす。経営者かつ年上ふたりに場所を譲る形で待機していた桃子と安曇が、同時に箸を鍋に入れた。

「出汁の加減もちょうどいいですね。私、こういうお鍋のときって、出汁に味がついていてもなんだか物足りないときがあるんですけど、これは完璧」

桃子の感想に、安曇も大きく頷く。

「私もそう思います。特にしゃぶしゃぶって、ポン酢とか胡麻ダレを使うのが当たり前みたいになってますけど、この出汁は本当になにもいりません」

「そりゃよかった。でも、実はこの出汁はまだまだ未完成なんだ」

「こんなに旨いのに未完成!? どういうことだ?」

勝哉が首を傾げる一方で、安曇はテーブルの上をさっと見回し、なるほど……と呟いた。聞きつけた雛子が、不思議そうに訊ねた。

「安曇さんはわかってるってこと?」

「たぶん……。エビとかホタテが出てますから、これもしゃぶしゃぶにするんじゃないかと」

「え、これお刺身じゃないの?」

桃子が目の前の皿を見て素っ頓狂な声を上げた。直径二十センチぐらいの皿に大葉をあしらい、赤エビとホタテの貝柱がきれいに並べられている。鮮度も抜群、刺身だと思うのは無理もなかった。

だが安曇は小首を傾げ、章を窺うように見ながら続けた。

「お刺身なら舟盛りに一緒にのせたと思います。あえて別のお皿に盛ったのは、しゃぶしゃぶ用だったからじゃないですか？　スズキだけじゃなくて、エビや貝を足すことで出汁の味はぐっと上がります。冬なら牡蠣《かき》も素敵でしょうけど、今は時季外れですし……」

「でも、夏牡蠣を使えばいいんじゃない？　岩牡蠣とかすごく美味しいし、なんなら大アサリでも。確か、大アサリって今が旬じゃない？」

もっともすぎる桃子の質問に、安曇はあっさり答えた。

「牡蠣やアサリって当たる人もいますよね。ホタテの貝柱ならその心配は少ないです」

「さすがだね……」

エビとホタテがしゃぶしゃぶ用であるばかりか、ホタテを選んだ理由まで言い当てられて、章はそれ以外の言葉を見つけられなくなる。確かに、牡蠣を筆頭に貝類に当たる人は多いし、原因は内臓にあるという説もある。内臓を一切含まないホタテの貝柱は、当たる心配が一番少ない上に、たっぷり旨味を出してくれる鍋にうってつけの食材なのだ。

「すごーい！」

章の答え合わせを聞いた桃子は、ぱちぱちと手を叩いて安曇を褒めた。だが、当の本人は何食わぬ顔だった。

「こんなの料理人としては当然の知識です。むしろ、知らなくてどうするってレベル」

「そうかもしれないけど、知識が実践につながらないことも多いでしょ？」

「そうそう。知識は持ってても引き出しにしまいっ放しで、必要なときにぱっと出てこない。俺みたいにな」

「え、なに言ってるんだ勝哉。おまえにそんな引き出しがあったのか？　だとしたら、随分見事に隠してるな」

「ほっとけ。どこを探しても、引き出しなんてないおまえよりマシだ」

茶々を入れた章に平然と言い返し、勝哉はまたしゃぶしゃぶを食べ始める。こんなことで言い合っている暇があったら、食べたほうがいいという判断に違いない。

「ほら、安曇さんも桃ちゃんも食べないと、全部この人に食べられちゃうわよ！」

雛子が安曇と桃子に注意を促す。

雛子の言葉で慌てて食事を再開したふたりを横目に、章は冷蔵庫に酒を取りに行く。

目当ての酒は『大七《だいしち》　純米生酛《じゅんまいきもと》』。燗に向くと名高い銘柄だが、冷やで呑むと生酛ならではの酸味とすっきりした後味が際立つ。ほんのり甘いウニしゃぶにはうってつけの酒である。

『大七　純米生酛』はウニしゃぶばかりではなく、西京焼きやメバルの煮付けにもよく合うので、最後まで酒を変える必要はない。しかも、多少出しっ放しにして温度が上がっても別な味わいが生まれる重宝な酒なのだ。

「本日のおすすめはこいつ！　これ以外の酒が欲しいやつは勝手に取りに行け！」

そんな宣言とともに一升瓶《いっしょうびん》をどんとテーブルに置き、章はどっかと椅子に腰を据える。

自分で言うのもなんだが、本日の料理の出来は上々。いくら上手にできたところで、いつもは自分が楽しむことはできないが、今日は存分に呑み食いできる。なんといっても頼もしい助っ人たちの歓迎会、しかも、参加者は全員気心が知れた仲間なのだ。

こんな機会は滅多にない、ということで、章は薄造りのスズキを三、四切れまとめてさらい、そのまま出汁の中に泳がせる。

そんな暴挙があるかー！　と叫ぶ勝哉の声を全力で無視し、口の中いっぱいに広がる甘みを楽しむ。その一方で、桃子と安曇は、この歓迎会を開くきっかけとなったビールの注ぎ比べを始めた。瓶ビールと生ビールをいろいろな方法で注いでみては味の違いを探り、雛子にも意見を求める。女たちの意見交換は、真剣かつ賑やかそのものだった。

料理は上出来、酒も旨い。誰も皆、楽しい時を過ごしている。我が世の春——そんな言葉を思い浮かべつつ、章はにんまりと笑った。

忍び寄る陰《かげ》り

――あっという間だったな……

月めくりのカレンダーを剝ぎ取った章は、出てきた『八』という数字に軽く目を見張った。

ちなみに、『猫柳苑』の朝食時間が終わって一息ついたところである。

七月が終わったのだから次が八月なのは重々承知だが、時の経つのが速すぎてついていけない感がすごい。このまま玉手箱を開けた浦島太郎のように一気に老いてしまう、漫然と時を送っていてはいけないと改めて思う。

それでも、忙しさの中にほっとできる瞬間がまじるのは嬉しい。客商売において、暇な時間と収入はほぼ反比例だとわかっていても、暇を喜べるのは多忙の証だとほくそ笑んでしまう。

実は今も章の顔にはそんな笑みが浮かんでいる。

今朝は『特製朝御膳』の注文はひとつもなかったものの、このところずっとカウンターに空席がない状態だった。景気は悪化の一途を辿っているというのに、『猫柳苑』と『ヒソップ亭』の客は目立って減らない。それどころか、微妙に増えつつある状況だ。

おそらく、『猫柳苑』や『ヒソップ亭』のように小さなところは、ちょっとの客数減でたちまち経営悪化、閉店を余儀なくされると心配した客たちが、せっせと通ってきてくれるおかげだろう。

不況が長く続けばそんな余裕もなくなるのだろうけれど、今はまだ自分たちの馴染みの店を失いたくない気持ちが勝っている。感謝に堪えない話だった。

とはいえ、利用者増をありがたがる一方で、少々困る気持ちもある。なぜなら『猫柳苑』の朝食と『特製朝御膳』を並行して提供するのが少々難しくなってきたからだ。

手抜きなんてしたくないし、そもそも性格上受け入れられない。たとえサービスの朝食であってもできる限り熱いものは熱く、冷たいものは冷たく提供したい。保温器や保冷器は用意されているが、何十人、何百人が利用する大ホテルの朝食ではないのだから、出来立てを食べてほしい気持ちも大きい。そんなこんなで、章は『ヒソップ亭』と『猫柳苑』の朝食会場を行ったり来たりして、客の状況を見ては料理を作っているのだが、『特製朝御膳』の注文が多いとそれが疎《おろそ》かになる。給仕を務める桃子か雛子が知らせにきて、足りなくなりそうな料理を慌てて作る、なんて事態が発生してしまうのだ。

その点、今日は余裕たっぷり、女性陣の手を煩わすことなくタイムリーに料理を供給することができた。売上を考えたら手放しでは喜べないが、料理人としてはかなり満足な一日の始まりだった。

さて、休憩も取れたことだし、そろそろ夜営業に向けての仕込みを始めるか……と思ったとき、引き戸が開いて勝哉が入ってきた。

そこで勝哉が話し始めたのはやはり時間がかかる内容、つまり『猫柳苑』の食事についてだった。

「文句を言うな。元は極上の茶葉だ。それで？」

「お、すまんな……って出がらしかよ！」

「ほらよ。朝の『ヒソップ亭』名物、特製出がらし茶だ」

話したい内容なんだな、と悟った章は、とりあえずふたり分のお茶を淹れた。

俺はいつでも真面目だよ、と軽い調子で返しつつも、勝哉はカウンター席に座る。腰を据えて

「おう。どうした？　珍しく真面目な顔をして」

「ちょっといいか？」

少しの間、言葉を探すように目を泳がせたあと意を決したように口を開く。

「うちの夕食の件だが、当面は今の形のままやってくことにした」

「……それは決定事項なのか？　引導を渡しに来たってこと？」

「そう受け取ってくれると助かる」

あまり期待させるのも悪いと思って、と勝哉は言う。

流れは完全に『夕食復活』に向かっている——少なくとも章はそう考えていたし、勝哉だって同様だと信じていた。だからこそ、安曇を雇い入れるように助言したのだと……

この半年の間、安曇は都内の鶏料理店『鶏百珍』に勤める傍ら『ヒソップ亭』で働き、章の予想をはるかに上回る速度で仕事を覚えていった。今では、不定期に提供されるおすすめ料理以外、要するに定番の品書きに載っている料理であれば難なく作れるようになったし、出来だって

悪くない。もちろん、章がちゃんと仕込みを終えているのが前提だが、裏を返せば仕込みさえちゃんとしてあれば章がいなくてもなんとかなるということになる。

この分なら一日ぐらい安曇に『ヒソップ亭』を任せて、章が休みを取れる日は近いのではないか。さらに、それが可能なほど安曇の技量が上がれば『猫柳苑』の夕食を復活させても大丈夫、働きすぎで体調を壊すのではと勝哉夫婦に心配されることもなくなるはずだと思っていた。

にもかかわらず勝哉に真逆の結論を出され、章は戸惑いを隠せなかった。

「『猫柳苑』の経営者はおまえだ。おまえの判断に俺がどうこう言うのはおかしいってのはわかってるけど、理由ぐらいは聞かせてほしい」

「状況の変化だよ。先が全然見えない」

「そんなに客は減ってないだろ？　少なくともよそほどじゃないはずだ」

「辛《かろ》うじて現状維持。だが、なにかを変えて勝負に出る余裕はない」

どう考えてもこの不況は長引きそうだ。日本中、いや世界中の経済が停滞してしまった状況だ。

特に観光業や飲食業は多大な影響を受けていて、この町にある旅館が軒並み客数を減らし、廃業を迫られているところも多い。

そんな中、『猫柳苑』がなんとかなっているのは、やはり客単価の低さゆえだろう。『猫柳苑』であれば、ほかよりも低価格で温泉宿に泊まれる。現状が厳しいときだからこそ、せめてひととき温泉に浸かって心身の疲れを癒やしたい。行ったことがなく、様子のわからない宿で贅沢するよりも、近場のいつもの宿でのんびりと……。そんなふうに考える常連客がたくさんいたからに違いない。この状況で、今までと違ったことをするのは愚の骨頂だ、と勝哉は言う。

「いや、だからさ、前から言ってるように、全部を夕食つきにする必要はないだろ？　素泊まりも残しつつ、夕食つきも選べるようにすれば問題ないはずだ」

「今の状況で夕食つきを選ぶ客がどれぐらいいると思う？　一組とか二組の客のために食材を用意するのなんて無駄だ。おまえのことだから『猫柳苑』の夕食となったら儲けなんて度外視で、食材は可能な限りいいものを使うだろうし、手間暇もかけまくる。よくてとんとん、下手すりゃ赤字だ。『ヒソップ亭』に採算割れさせてまで夕食を復活させる必要なんてない」

「そんなのこっちの勝手だろ！　それに俺だって昨日今日料理人になったわけじゃない。おまえがこれぐらいの予算でって言えば、赤字にならないように調節ぐらいできる」

「どうだか……。なんのかんの言って、最後は人件費を削って帳尻を合わせるのが関の山じゃないのか？」

「それは……」

「図星だろ？　しかも、どうかすると安曇さんや桃ちゃんの分まで……」

「ふざけんな！　そんなことするわけねえだろ！」

気色ばんだ章に、勝哉は素直に頭を下げた。

「すまん。おまえはそんなやつじゃないよな……ってことは、やっぱり全部おまえが被るってことだ。俺は、ただ働きさせるためにおまえに『ヒソップ亭』を開かせたわけじゃない」

「だから！　なんでただ働きになるのが前提なんだよ！　『猫柳苑』の客だって、飯を食わねえはずがない。わざわざ外に出かけるより、部屋で食えたほうが気楽だって思うかもしれないじゃないか。なにも十品も二十品もあるような会席を出すなんて言ってない。そこらの飯屋よりはちょっと食い応えがあるかなーぐらいの定食だっていいんだ。それならうちだって大した手間じゃない」

「そんな定食じゃ単価が上がらない。安曇さんを本雇いになんてできねえよ」

「だったらどうしろってんだ！　ただでさえ安曇さんは『鶏百珍』のシフトを減らされて青息吐息だって言うのに……」

「もうそんな状態なのか!?」

そこで初めて勝哉が声を大きくした。章としては、勝哉はその状態を予測していたはずなのに、と驚いてしまった。

「当たり前だろ！　この不景気で客は減る一方だし、あそこはターゲット層がかなり若い。学生やなりたての社会人が安く呑める店ってのが売りだったんだ。不景気で学生はアルバイト先がなくなり、社員だって残業カット。呑みに行きたくても金がない、ってことで居酒屋は閑古鳥。しかも、もともと安曇さんは厚遇されてるとは言えなかった」

シフトを減らすならパートやアルバイトから、というのは常道だ。安曇がダブルワークをしていることが伝わっているなら『鶏百珍』で働けなくても、そっちでどうにかしてくれとか言われかねない。首になっていないだけ御の字だ、とため息をつく章に、勝哉は完全に項垂れてしまった。

「まいったな……。俺は『ヒソップ亭』でシフトが増やせなくても、『鶏百珍』があるから大丈夫だろうと思ってた。『鶏百珍』の経営が厳しそうだってのはわかってたが、そんなに急激に、しかもホールだけじゃなくてキッチンスタッフのシフトまで減らすなんて……。それに、もともと安曇さんは、鶏料理以外も勉強をしたいからって言ってたし、半年かけて『ヒソップ亭』の料理は一通り覚えられたはずだって……」

「ゲームで言うところの『レベル上げ』ができたんだからもういいだろう、って？」

「誰もそこまで言ってないだろ。ただここに来たメリットはあったたってことさ」

「こっちからスカウトに行ったみたいな形なのに、景気が悪くなったからいずれは本雇いにするって話はなしで、なんて言えるか！」

怒り心頭とはこのことだった。だが、勝哉はむしろ静かに言った。憤る章を見て冷静さを取り戻したのかもしれない。

「おまえ、安曇さんに『猫柳苑』の夕食を復活させたら本雇いにする、なんて話したのか？」

「いや……それはおまえのところの問題だ。俺が話していい内容じゃない。商売が軌道に乗ってきて人が足りなくなったから、って言っただけだ。ちょっとずつ勤務日数を増やして、いずれは『ヒソップ亭』だけでやっていけるようにしてやりたいと思ってるって。しばらく様子を見て、いけそうなら本雇いにした上でこの町に引っ越してもらうつもりだった。『猫柳苑』の夕食の話をしたこともあるけど、それは過去の話として。いつか復活することがあったら、うちで引き受けたいなあ……って程度。あくまでも俺の希望として、だ」

「それはよかった。おまえが、うちの事情を言いふらすようなやつだとは思いたくないからな。だとしたら、余計に問題もないだろ？」

安曇を首にしろなんて言っていない。少なくとも自分が安曇を雇うように助言したのは、章が休日を取れるように、という理由だった。確かに、『猫柳苑』の夕食を再開しても過労で倒れたりしないように、とは言ったけれどあくまでも仮定の話だ。雇い入れたときの週二日勤務という条件を崩さない限り問題はない、と勝哉は言う。そう言われてしまえば、反論の余地はない。代わりに章の口から出てきたのはストレートな質問だった。

「『猫柳苑』はそんなに先が見えない状況なのか?」

「ああ。存続の危機とまでは言わない。うちはこぢんまりした宿で、もともと小さな商いで小さく儲けていた分、落ち込みは致命的じゃないんだ。とはいえ、もうひとつ悪条件が重なったら持ちこたえられる自信はない」

勝哉は、とにかく今は現状維持だ、と繰り返す。なにも変わっていないことで客に安心感を与え、今までどおりの利用を促すしかない、と……

「うちはそんな感じで、『ヒソップ亭』もぎりぎりなんとかなってる。しばらくはこのままでいこう。明けない夜はないって言うし」

明けない夜はない——それは、古くから苦境を乗り切るために繰り返されてきた言葉だ。章自身、何度も自分に言い聞かせてきた。

だが、近ごろ章はその言葉に少々否定的だ。確かにこれまで、明けない夜はなかった。健康な者であれば、長い夜は休息の絶好の機会と受け止めるだろう。

けれど、悩みを抱える者に心地よい眠りは訪れにくく、癒やされぬ疲れは弱った心をさらに追い詰める。いずれは訪れるだろう朝を信じられなくなり、自らを葬るものまで……

結局、明けない夜はないなんて言葉は、まだまだ気力も体力もある人間のおためごかしだ。かっての上司がそうだった。章が首になった料亭の板長だ。

新入りが来るたびに虐《いじ》め、大変かもしれないが、我慢していればそのうちいいこともある、困難を乗り越えてこそ一人前になれる、なんてしたり顔で言っていた。明けない夜はないって言うじゃないか、とも……

たとえ相手のことを考えて厳しくしていたにしても、受け止めきれない場合もある。ましてやあの板長は自分が楽をしたい、もしくは鬱憤を晴らしたいとしか思っていなかった。そんな人間から、明けない夜はない、なんて言われても信じられるわけがなかった。

朝は必ず来るとしても、この暗さが耐えられない。なんとしてでも暗闇《くらやみ》から逃れたい、という気持ちが人の道を外させることがある。近ごろの章は、そんなふうに思っているのである。

「夜明け前が一番暗いって言うけど、今はどのあたりなんだろう。もうすぐ日が昇ってくるならまだしも、これからまだまだ暗くなるとしたら……」

「勘弁してくれ」

希望だけは持っていようぜ、と妙に明るく言い放ち、勝哉は冷めかけた茶を飲み干した。

「うちはまだ、ぎりぎりなんとかなってる。おまえが暗闇に押しつぶされそうになったら、蠟燭《ろうそく》ぐらい差し入れてやるさ」

「せいぜい、その蠟燭で火事を出さないように気をつけるよ」

「縁起でもない」

くわばらくわばら、と唱えつつ腰を上げ、勝哉はフロントに戻っていった。

——なにが、くわばらだよ。そいつは火事じゃなくて雷よけじゃねえか……。それにしても、あんなにばっさり切られるとは思わなかったな……

湯飲みを片付けながら、章は深いため息をつく。とりあえず今は現状維持、安曇の助けを得て来たるときに備えて体力温存に努めるしかない。

勝哉にはもっと暗くなるかもしれないなどと匂わせつつも、その時点で章は、今以上に状況が悪化するとは思っていなかったのである。

「ちょっと大将、ニュース見ました⁉」

桃子が、絶叫に近い声を上げながら『ヒソップ亭』に飛び込んできたのは、八月五週の月曜日のことだった。彼女はいったん自宅に戻って母親と食事を取ってきたところだ。髪は乱れているし、開きっ放しの鞄からエプロンが飛び出しそうになっている。よほど慌てて駆けつけてきたのだろう。

「ニュース？　朝刊を読んだきりだな」

『ヒソップ亭』にはテレビもラジオもない。『猫柳苑』の事務室にはテレビがあるので、そこでニュースは見られるが、現在は取り立てて集めたい情報はない。少し前に連絡がてら顔を出した際も、使ったのはコーヒーサーバーだけで、テレビに目を向けることはなかった。

「なにか気になることでもあった？」

「あったから騒いでるんじゃないですか！」

なるほど、騒いでいるという自覚はあるんだな……と苦笑していると、桃子が怒ったように言う。

「『鶏百珍』民事再生法申請ですって！」

「え……潰れるのか？」

「潰れないための民事再生法ですけど、状況はかなり厳しいんでしょうね……」

不採算店の閉鎖、人員削減は待ったなしだろう、と桃子は眉根を寄せた。

「でも、もう減らせるだけ減らしてるんじゃないのか？」

「もっともっと、ってことでしょ？　安曇さんのお店は大丈夫かな……」

「……たぶん、だめだな」

六月には、それまで週に三日だった『鶏百珍』の勤務が二日に減らされた。そこで、夏休みに向けて客数が増えるかもしれないという期待もあって、『ヒソップ亭』の勤務を週三日にしてみた。

連勤になる日は安曇が従業員用の部屋に泊まっていくため、桃子は大喜びしたものだが、増えてほしいという願いも虚《むな》しく客数は平行線を辿り、結局週二日に戻さざるを得なくなった。

安曇には申し訳ないと思ったが、本人は時給もわずかとはいえ『ヒソップ亭』のほうが高いし、交通費だって満額払ってもらっている。それだけでもありがたい、余裕があるとはけっして言えないが、今の状態でもなんとか暮らしていけるから、と言ってくれた。

十中八九安曇の勤め先は閉店、ダブルワークは崩壊だ……と暗い気持ちになったとき、静かに引き戸が開いた。

二十センチほどの隙間から顔を出したのは、これまで何度か訪れたことのある客だった。七十間近の男性で、後ろには妻の姿もあるに違いない。

「大将、もう入っていい？」

少なくとも顔ぐらいは覚えられているはずだ、という自信からか、客は軽い調子で声をかけてくる。開店時刻にはまだ数分あるが、待たせるなんてもってのほか、と桃子が飛んでいって迎え入れる。案の定客はふたり、おしどり夫婦の来店だった。

「いらっしゃいませ、岸田《きしだ》さん！　お元気そうでなによりです！」

この夫婦は、二年ほど前から『猫柳苑』に来るようになった。同い年でそれなりに年を取った夫婦というのは、どうかすると片方だけが若く見えて、同い年だと言うと驚かれることが多い。そんな中、この夫婦は紛れもなく同い年に見える。おそらく上手にというか、きっと同じ速度で生きてきたのだな……と思えて、章は会うたびほっこりさせてもらっていた。

カウンターの奥から三番目と四番目がふたりの定席だが、ほかの客がカウンターにいるときは迷わずテーブル席に着く。理由を訊ねたことはないけれど、おそらく妻がほかの客との交流を好まないのだろう。最初に来店したときも、話をするのはもっぱら夫で、妻は黙って聞いているか、正面切って向けられた質問に言葉少なく答えるだけだった。

雛子、桃子、『魚信』の美代子……と、元気というかはっきりした女性が身近に多い章にとって、かなり馴染みの薄いタイプで、嫌々夫についてきているのか、と心配したほどだ。だが、初回だけでなくその次も、またその次のときも、岸田の妻はただ口を挟まないだけで章や桃子が夫と話すのを楽しそうに聞いていた。きっと根本的に無口で控えめな性格なのだろう。

開店時刻にすらなっていないのだからほかの客はいない。桃子は迷わずふたりをカウンターに案内した。

「刺身で純米のしっかりした酒をやりたいんだけど、合いそうな魚はあるかな？」

おしぼりを使いながら、岸田が訊ねてくる。

ほかの料理人のことはわからないが、章にとってこういう注文はとてもありがたい。どうかすると酒の銘柄を指定されるよりも楽だと思うぐらいだ。なぜなら銘柄を指定する客は、その酒そのものを吞みたがっているため、『ヒソップ亭』で扱っていないときの対処に困る。似たような吞み口の酒をすすめたところで、納得がいかない顔をされることが多かった。

その点『純米のしっかりした酒』というのであれば、該当する銘柄はいくつもある。その上、『刺身で』という指定があれば、組み合わせはかなり容易になるのだ。

それでも、より客の好みに近い酒を選びたい、と章は岸田に訊ねる。

「冷酒と冷や、どちらで吞まれますか？」

岸田は温かい酒を好まないらしく、これまでも燗酒を注文したことはない。あと数日で九月の声を聞くとはいえ、気温はまだまだ高いし、ふたりはどう見ても湯上がりだ。この状況で普段は吞まない燗酒を選ぶとは思えなかった。

だが、冷蔵庫の中と常温で置いてある酒の銘柄を思い浮かべながらの質問に返されたのは、意外な答えだった。

「今日は……燗にしてもらおうかな。うーんと熱くして」

「はい。では……」

慌てて思い浮かべていた銘柄の半分をさっと消し、常温保存の中から燗に向く酒を選び直す。とは言ってもそう難しくはない。ただの燗ではなく一番熱いとされる『飛び切り燗』向きの酒は限られていた。

「『神亀《しんかめ》　純米清酒《じゅんまいせいしゅ》』はいかがでしょう？　刺身はカンパチがおすすめです」

「『神亀』か！　好きな銘柄だよ。冷やでよし、燗でよし。カンパチは腹身？」

「もちろん。背のほうだと、飛び切り燗にはちょっと負けちゃいますので」

「最高だな。僕は青物が大好きなんだ。夏はヒラマサ、冬はブリ、間をつないでくれるのがカンパチ。しかも腹身なんて、言うことなしだ」

そこで岸田が隣に座っている妻を見た。普段から気遣《きづか》いに溢れた眼差しを向けているが、今夜はとりわけいたわるような眼差しだ。どこか具合でも悪いのだろうか、と思っていると、桃子がはっとしたように言った。

「岸田さん、少しエアコンを緩めましょうか？」

「いいの？　大将、暑くない？」

そう言いながら、彼は章を窺い見る。

エアコンの設定温度は二十三度になっている。夏のエアコンの推奨設定温度は二十八度だと言われているが、それでは暑いと感じる人が多いだろう。

エコにはほど遠いにしても、店に入ったとたんに感じるすっと汗が引くような涼しさは、夏の大事なおもてなしである。しかも『ヒソップ亭』のエアコンはけっこう古いためなかなか設定どおりの温度にならない。二十三度に設定してようやく二十五度か二十六度まで下がる。湯上がりの客にもちょうどいいし、店の中を動き回る桃子や章にとっても働きやすい温度だと判断していた。

ところが桃子は、章のことなどお構いなしにエアコンを操作し、さらにカウンターの奥にある物置に入っていく。戻ってきた桃子の手には、ポリ袋に密封された足袋があった。

これは『猫柳苑』がサービスで出すもので、自由に持ち帰ることもできる。普通の足袋と違って薄手で綿製、肌触りがいい上に扱いも楽だと客に喜ばれる品だ。当然部屋には用意があったはずだが、まだ寒い時季ではないし、湯上がりということもあって履いてこなかったのだろう。館内はエアコンがよく効いていたから、急激に身体の熱を奪われてしまったのかもしれない。

「奥様、よろしければこちらをお使いください」

「すまないね、桃ちゃん。それ、こっちに……」

岸田は礼を言うと、それまで妻がかけていた膝掛け毛布を預かる。足袋を履くのを待ってもう一度毛布で膝をすっぽり包み込んでやったあと、ほっとしたように言った。

「年のせいか、冷えてしょうがないらしい。熱い酒でも呑めば腹の底から温まるかと思ってさ」

「早くおっしゃってくだされればよかったのに！」

「いやいや、それじゃあ大将や桃ちゃんが暑いだろう。この人も、風呂にも入ったしお酒を呑めばちょうどよくなるはずだって言うし」

風呂から上がったばかりのときはそうではなくても、時間が経つうちに身体がほかほかしてくる。そしてその温かさはいつまでも冷めないというのが、温泉の特質だ。『猫柳苑』ではいつもそんな感じだから、と岸田の妻は説明したらしい。

「うちでは、お客さんを寒がらせて自分たちを優先したりしませんよ！」

桃子の口調に微かな腹立ちが紛れる。岸田の言葉よりも、彼の妻が寒がっていることに気づけなかった自分への怒りのような気がした。その証拠に、膝掛け毛布をお使いなんだから寒いのかもしれないってどうして思わないかなー、などと呟いている。

自分を罵る桃子をまあまあと宥め、岸田が言う。

「それはわかってる。だからこそ言えなかったんだ。でもって、心のどこかできっと気づいてくれると思ってた。ずるいよね、僕」

からからと笑いながら言う岸田をそっちのけで、桃子はなおも彼の妻を気遣う。

「大丈夫ですか？　お酒を呑んでも平気ですか？　ご病気ではないんですよね？」

それに至って、妻がようやく口を開いた。

「病気ではないと思います。熱っぽさもないし、喉も痛くありません。咳とかも……」

「よかった。じゃあ、すぐにお酒をお持ちしますね」

すぐにと言っても飛び切り燗の温度は六十度、それなりに時間はかかる。こともあろうに桃子は徳利《とっくり》に向かって、さっさと温まりなさい！　じゃないと煮物にぶち込んじゃうわよ！　なんて脅し始めた。

「おいおい、せっかくの『神亀』を料理用にしないでくれよ」

「美味しいお酒を使ったら、お料理だって美味しくなります」

「そんなことしなくても、大将の料理は旨いよ」

「あら……よかったですね、大将！」

ちっともよくない、と言い返したかったが、今はそれどころではない。カンパチの刺身はすでに出来上がっているが、温かい料理も一緒に出そうと躍起になっていた。

「あ……」

章の手元を覗き込んだ岸田の妻が声を上げた。釣られて見た岸田も嬉しそうに言う。

「あら煮じゃないか！　よかったねえ……あなたの大好物だ」

さっき桃子も『よかった』という言葉を使ったが、今岸田が発したのは全然違う。からかいは一切含まれていない、心底喜んでいる様子が窺えた。妻も夫の言葉ににっこり微笑んでいる。

自分の妻を『あなた』と呼ぶ夫は、どれほどいるのだろう。名前や愛称で呼んでいれば上等、たいていは『あんた』あるいは『おまえ』、子どもがいれば『お母さん』になっているのではないか。章の知る限り『あなた』を使うのは岸田ひとりだが、その響きとふたりの間に漂う空気がなんとも柔らかい。自分のことを『僕』と呼ぶのもなんとなく上品さを感じさせる。

結婚してから何十年と経っているに違いないのに、こんな心地よさを保てる関係が羨ましくなる。こういった関係があるからこそ、岸田の妻はいつも控えめな笑みを浮かべていられるのかもしれない。きっと、あえて口を挟む必要がないのだ。岸田の妻には言い返すのが苦手、あるいは面倒で夫のしたい放題させている妻とはまったく違う雰囲気があった。

「お待たせしました。『神亀　純米清酒』飛び切り燗とカンパチのお刺身です！」

「そしてこちらが、カンパチのあら煮。冬のブリほどではありませんが、ほどよく脂がのっておりますのでこちらのお酒にもよく合うはずです」

熱々の酒が入った徳利がカウンターに置かれるなり、岸田の妻の手が動いた。だが、一瞬早く徳利を手にしたのは岸田だった。

「あなたが先だよ。盃《さかずき》、好きなのを選んで」

「ありがとう」

素直に礼を言い、岸田の妻は脇に置かれた籠《かご》に目を移す。

『ヒソップ亭』は燗酒の注文を受けたときは、盃がいくつも入った籠を出す。酒同様、盃にも好き嫌いがある。好みの盃で呑んでほしいという気持ちからだった。しかも、そうしておけば呑みたいのに盃が足りないという事態を避けられる。最初は呑むつもりはなかったけれど、見ているうちにやっぱり自分も……なんてよくあることだった。

同時に、客がどんな盃を選ぶか、というのは章の楽しみのひとつでもある。相手の趣味嗜好が一目瞭然になるとともに、呑み手の力量が窺い知れるからだ。

岸田夫婦が燗酒を注文したのは初めてなので、当然盃を選んだことはない。どんな盃を選ぶのだろう、と興味津々で見ている前で、岸田の妻が選んだのは真っ白な平盃。籠にある盃の中で二番目に口径が大きく、もしかしたら女性の手には少々扱いにくいかも……と心配したくなるようなものだった。

「さ、温まるぞー」

両手で掲げ持った盃に酒を注いでもらったあと、岸田に促された妻はくいっと一息で盃を空けた。見事な呑みっぷりである。

「旨いかい?」

「はい。とても」

そして妻はもうひとつ盃を選び、岸田に手渡した。籠の中で一番口径の大きい平盃である。今度は素直に徳利を譲り、岸田は盃に酒を受ける。こちらも一息に呑み干し、感嘆の息を漏らした。

「あー……沁みるねえ……」

きれいな呑み方な上に、酒器の選び方が素晴らしい。もしかしたら偶然かもしれないが……と思っていると、夫婦の会話が始まった。

「それにしても、うってつけの盃を選んだね」

「あなたが前に教えてくださったから……。お燗したお酒を呑むときはなるべく口の広い盃がいいって……」

「覚えてたんだね」

「もちろんです」

やはり偶然ではなかった。このふたりは酒器の選び方をきちんと心得ている。

旨味を大事にしたい冷や酒はぐい飲みと呼ばれる円筒形の盃、温められたことで立ち上る香りを楽しみたい燗酒は口の広い平盃で——それは知られているようで知られていない、酒器選びの基準のひとつである。

しかも彼女は、燗酒はできるだけ口径が大きい盃で呑むべきだと知った上で、あえて二番目を選んだ。一番口が広いものを夫に残すために……

空っぽになった盃を交互に満たし合いながら、ふたりは燗酒を楽しんでいる。合間で刺身やあら煮にも箸を伸ばし、そのたびに賞賛の言葉を漏らす。しみじみ……といった感じで漏れてきた『本当に美味しい……』という妻の囁きは、冷えた身体に流し込む飛び切り燗よりも章の心を温めてくれた。

「もっと温まるように、汁物でもご用意しましょうか？」

料理の皿が空になるころを見計らってかけた言葉に、岸田はいったん頷いたものの、すぐに注文を足した。

「汁物はすごくありがたい。でも、そこにご飯か麺を入れてもらえたらもっと嬉しい。ただしこの人の分だけ、僕はもうちょっと酒を楽しみたいから」

「わかりました。では奥様の分だけご用意します」

きっと言葉と同じく食べる量も控えめなんだろうな、と納得しつつ、章は冷蔵庫から鴨肉とネギ、そして乾麺の蕎麦を取り出す。ネギと鴨肉をふんだんに入れた蕎麦は、身体が温まるばかりか栄養もたっぷり。蕎麦屋では人気の一品だが、締めとしても秀逸なので、『ヒソップ亭』でも時々品書きに載せるようにしていた。

「あれ？」

興味津々で章の様子を見ていた岸田が、小さな声を漏らした。おそらくネギの切り方が意外だったのだろう。

一般的に鴨南蛮に使うネギは四、五センチのぶつ切りにされることが多い。存在感たっぷりに切られたネギをフライパンや焼き網で丁寧に焦がすことで、風味を引き立たせる。鴨ロースの薄桃色と所々に焦げ目がつけられた太いネギが鴨南蛮の象徴だと大半の人は思っているに違いない。

だからこそ、いきなりネギを斜めに薄く切り始めた章を見て驚いたのだろう。

それでも岸田はあえて訊ねず、章も黙って作業を進める。蕎麦が茹で上がるとほぼ同時に、ツユと具が整った。

最後に三つ葉と下ろし柚を散らして仕上げた鴨南蛮を、桃子が運んでいく。妻の前に出された小ぶりな丼《どんぶり》を見て、岸田が感心したように言った。

「なるほど……これだと早いね」

「そうなんです。しかも鴨肉を焼いたあとのフライパンでネギを炒めるので、脂もしっかり回ります」

「おまけに食べやすい、と来たもんだ。太いネギはしみじみ旨いが、僕たちぐらいになると嚙み切るのも大変でね」

年は取りたくないものだ、と岸田と妻は頷き合っている。身だしなみにも気を配っているせいか、実際の年齢よりもずっと若く見える夫婦だったが、やはり寄る年波には勝てないのだろう。

胸の前で軽く手を合わせ、岸田の妻が蕎麦を一口啜る。口に合うだろうか、なんて心配する間もなく彼女は満面の笑みを浮かべた。

「いいお出汁……」

余計なことは一切言わない。口から出てくるのは感謝と褒めるための言葉だけ……たとえ他人の前だけだったとしても、貫けるのはすごい。気に入らないことがあるとついつい愚痴や罵り言葉を吐いてしまう章にとって、岸田の妻は賞賛に値する人物だった。

「そんなに旨いかい？」

岸田に訊ねられ、こくんと頷いた妻は丼をそっと夫の前に移す。滑らせるのではなく、きちんと持ち上げて場所を移すあたりに丼やカウンターといった「物」への気遣いが窺われ、ますます好ましかった。

妻に譲られた鴨南蛮を一箸、さらにもう一箸啜った岸田は、なんだか難しい顔で章を見上げた。

「大将、これはだめだよ」

「え？」

反射的に背筋が伸びた。なにかまずいことがあったのだろうか、と慌て始めた章に、彼は破顔一笑して言った。

「旨すぎて箸が止まらなくなる。見てよ、この人の心配そうな顔」

隣に目を移すと、確かに岸田の妻は眉根を寄せている。だがそれはほんの微かで、指摘されなければ気づかない程度だった。

「僕が全部食べちゃうかもって思ったんだろうね」

ごめんね、と軽く謝りながら、岸田は丼を妻の前に戻す。ほっとしたように箸を取る姿に、桃子がクスッと笑った。

「大将、岸田さんの分もご用意したら？」

「いや、僕はやっぱりあとで……」

「お蕎麦を抜けばどうでしょう？　お吸い物として召し上がって、締めは盛り蕎麦とか……」

「なるほど……それはいいね。吸い物で酒っていうのはすごく粋だ」

早速頼むよ、と岸田に言われ、章は大急ぎで鴨とネギの吸い物を作る。手順は鴨南蛮と同じ、ただし吸い物なので味つけは控えめにした。

その後、残っていた酒と吸い物をゆっくり味わった岸田は『神亀　純米清酒』をもう一杯、ただし今度は冷やで注文した。さらに冬瓜《とうがん》の煮物を頼み、夫婦仲よく分け合ったあと、締めにざる蕎麦を選んだ。

電話が鳴ったのは、ちょうど桃子がざる蕎麦を運び終えたときだった。『ヒソップ亭』には外線電話があるにはあるが、客がかけてくることは珍しいし、仕入れなどの取引先はもっぱら章の携帯電話にかけてくる。内線にしても大旅館でもない『猫柳苑』のこと、わざわざ電話をかけるより来てしまったほうが早いし、さもなくば携帯電話……ということで、章も桃子もそこに電話があることすら忘れかけていたほどである。

いきなり鳴り響いた呼び出し音に、一瞬顔を見合わせたあと桃子が受話器を取る。耳をそばだてていると、聞こえてきたのは意外な名前だった。

「安曇さん!?　どうしたの!?」

もちろん、あちらの声は聞こえない。桃子の受け答えだけを頼りに状況を推測するに、どうやら『鶏百珍』の安曇が勤めている店舗がとうとう閉鎖されるらしい。しばらくやりとりしたあと、桃子が振り向いて訊ねた。

「大将、やっぱり安曇さんが行ってた『鶏百珍』、アウトなんですって。で、明日休ませてもらってもいいかって……」

「え、なんで？　まさかショックで具合が悪くなったとか？」

「じゃなくて、店内備品や残った食材の整理を手伝わなきゃならないんですって。月末で閉めると思っていたら、店の明け渡しが月末だったそうです。それで閉店を早めて、三日ぐらいでばーっと片付けるみたいです」

「それってパートの仕事なのか？」

そういった残務処理は社員の仕事ではないのか。章自身は勤めていた店が潰れた経験はないが、知人友人からもパートやアルバイトが駆り出されたという話は聞かない。採算が取れなくて潰れた店にさらに人件費を発生させるのはいかがなものかと思うし、無償ならなおさらひどい。どう考えても社員の仕事だろう。

ところが安曇が直面しているのは、まさにその『ひどい』話だった。

「立つ鳥跡を濁さず。これまでお世話になったんだから、最後まできちんとやれ、って言われたんですって。そんなの従う必要ないって言っても、安曇さん聞いてくれなくて……」

土曜日はなんとしてでも『ヒソップ亭』に出勤するが、明日は『鶏百珍』の片付けに行きたい。お礼奉公のつもりで……と本人は言っているらしい。

「お礼奉公……なんか安曇さんらしいな。まあいい、わかった。休んでいいって伝えて」

本人の意志が固いのなら、いくら電話口でやりとりしても埒《らち》があかない。明日は火曜日なので、それほど客も立て込まないだろう。こういうときに融通を利かせられるのがパートやアルバイトの利点でもあるし、お礼奉公という考えにも大いに頷ける。なんといっても縦社会、そして古い概念がまかり通るのが料理人の世界でもあった。

章の返事を伝え、安曇との電話を終わらせた桃子が振り返って言う。

「もう！　なんでOKしちゃうんですか！　絶対だめだって言ってあげればいいのに！」

食ってかからんばかりの勢いに、安曇を思いやる気持ちが溢れている。かわいい妹みたいなものなんだろうな……と思いつつ、章は桃子を宥めた。

「まあそう言うなよ。こんな時間に電話をかけてくるぐらいなんだから、相当悩んだはずだ。これで行かせてやらなかったら、それはそれで心残りだろう」

『ヒソップ亭』が営業中なのはわかっている。客が一段落する頃合いを選んでかけてきているし、もしかしたら『鶏百珍』のスタッフに返事を急がされたのかもしれないが、普段の安曇には考えられないことだ。その気持ちを汲《く》んでやるべきだろう、と言う章に、なおも桃子は反論する。

「あーんなに都合よく使われてたのに？　おまけにあっちはただ働き、こっちにくればちゃんとお給料がもらえるんですよ？」

「損得の話じゃないよ。料理人にとって調理場は修業の場、昨日今日勤め始めたわけじゃないんだから学んだことだってたくさんあるはずだ。『鶏百珍』は調理師になって初めて勤めた職場だから、それなりに思い入れもあるんじゃないかな。最後まできちんとしたいと思うのも当然だろう」

「なんでそんなに真面目かなあ……」

「真面目じゃない料理人なんて、俺はお断りだよ。料理を食うにしても、一緒に働くにしてもね」

そこに至って、ようやく桃子が黙った。反論の余地なしと悟ったのだろう。

それまで黙って聞いていた岸田が、感慨深げに言う。

「損得の話じゃない……そう考えられるのはいいことだね」

「それはわかりますけど、なんか……そういうふうに言う人って損ばっかりしてる気がします」

「そうかな……」

「そうですよ。それに、損して得取れって言葉もありますけど、あれって本当なんでしょうか？　損ばっかりの人と得ばっかりの人に分かれちゃってません？　しかも私の周りって、どっちかって言うと損ばっかりの人が多そうで……」

「たとえ損をしても、周りは『あの人が引き受けてくれたんだ』って評価を上げてくれる。それこそが損して得取れなんだよ。実際に、昔は損得の得じゃなくて人徳の徳だったって説もある」

「そうなんですか……。言われてみれば、自分が損をしないように立ち回る人ばっかりだと、殺伐としちゃいますものね」

「自分の損は相手の得とでも考えられればいいのかもしれないね」

「うわー岸田さん、そこまで達観するのは難しいですよー。でも、相手の立場を考えるってことは大事ですね」

「うん、それはすごく大事だよ。特に無口な人を相手にするときには」

そう言うと、岸田は隣にいる妻を見て笑った。

「この人には本当に想像力を鍛えられたよ。黙っているからといって考えてないわけでも、意見がないわけでもないって教えられた。あと観察力、目は口ほどにものを言うっていうけど、手の動きや顔色だっていろんなことを語るってのもね。おかげでいたずらに人を傷つけずに済むようになった」

自分がなにか言葉を発するときは、相手の反応をよく見る。同じ言葉でもぐさりと刺してしまうこともあるし、平然とされることもある。自分の言葉がどう受け止められるかは、相手との関係性やその場の雰囲気に左右されることが多いが、それに至る過程で相手をしっかり見ていれば、致命的な言葉を口にせずに済むのかもしれない。少なくとも、こちらが気遣う気持ちはなんとなく伝わっている気がする、と岸田は語った。

そうだよね？　と微笑みかけられ、妻は少し恥ずかしそうに、それでもこくりと頷く。ほんの少し上気した頬はまるで少女のようで、岸田の目尻があからさまに下がった。

ふと見ると、桃子が微妙に目を逸《そ》らしている。『猫柳苑』の突っ込み女王的存在の桃子でさえ、茶々を入れられそうにない雰囲気だった。

まさか七十代夫婦に当てつけられるとは思わなかった。まさに完敗、だが人としてとても大切なことを教えられた気がする。

客商売の基本として、常に客の立場を考えて行動するようにしていたけれど、心のどこかに『損をしたくない』という思いはある。それは人として当たり前だとは思うけれど、度を過ぎないように気をつけよう。『我利我利亡者』にならぬように……

そんなことを思いながら、章は部屋に戻っていくふたりを見送った。

「本当にすみませんでした！」

来るなり深々と頭を下げ、安曇が詫びた。

高が一日休んだぐらいで、しかも事前にちゃんと連絡もしているのにそんなに恐縮しなくても、と戸惑うほどだった。

桃子も笑いながら言う。

「大丈夫よ。あらかじめわかってたから、私も気合い入れてたし！」

「気合い……そんなに忙しかったんですか？」

「そりゃあもう！　って言いたいところだけど、本当はそこそこ。ね、大将？」

桃子に確かめるように顔を見られ、章は苦笑しながら答えた。

「まさにそこそこ。よくも悪くも予定どおり。とは言っても、やっぱり安曇さんがいるといないとでは大違いだったよ」

「え……？」

「そうなの？」

安曇はきょとんとし、桃子はちょっと心外そうにする。桃子にしてみれば、けっこう頑張ったのに、というところだろう。

ふたりがこういう反応をすることはわかっていた。もしかしたら安曇がそれによってさらに呵責を覚える可能性があることも……

それでもなお、あえてこう言ったのはそれによって伝えたい気持ちがあったからだ。

「俺と桃ちゃんで捌けない客数じゃなかった。それは間違いないよ。安曇さんが来てくれるまではずっとふたりでやってたんだしね。でも、なんていうか……ゆとりがないんだよ」

「ゆとり……ですか？」

「そう。俺自身のゆとり。板場に料理人がふたりいる余裕。一息つきたいと思ったとき、安曇さんがいれば任せられる。俺が多少お客さんと話し込んでも大丈夫だし、話さなくてもお客さんの様子をしっかり見られる。それって本当に大事なことなんだよ」

「あ、この間、岸田さんがおっしゃってたことですね！」

なるほどねーと桃子が頷く。岸田さん……？　と首を傾げた安曇は、桃子から軽く説明を受け、しみじみと言った。

「わかります。忙しすぎると作業をこなすのでいっぱいいっぱいになって、お客さんを見てる暇がなくなっちゃいます。ファミレスみたいに独立キッチンだったら仕方ないですけど、せっかくお客さんと向き合ってるのに……って思っちゃいますよね」

「ホールも同じよ。暇なときならお料理を運んだついでに少しは話せるけど、次の料理がもうできてる、お客さんも待ってる、ってなったら、話しかけられても適当に返事して戻っちゃうもの。そういえば火曜日も常連さんが来てくれたけど、あんまりゆっくり話せなかった。ちょっと残念だったなあ……」

「ああ、小堺《こさかい》さんだろ？　あの人の話はすごく面白いから余計に話したいよな。かといって、あんまり長々と話し込まれても困るけど」

おひとり様ならともかく、複数の場合は客同士でしたい話があるかもしれない。静かに飲み食いしたい客だっているはずだ、と言う章に、桃子は唇を尖らせた。

「そんなに話し込んだことなんてないし、お客さんが話したがってるかどうかぐらい見極めてるつもりです！　小堺さんだって……」

「わかってるって！　小堺さんは桃ちゃんのファンだから話したいに決まってる……ってそういう話じゃなかった。とにかく火曜日はそこそこの客の入りで、ふたりでも回らないことはなかったけど、やっぱり安曇さんにいてほしかった、ってこと。ＯＫ？」

「はい」

安曇が嬉しそうに答えた。

電話で休ませてほしいと言われたときは、なんとかなると答えた。安曇は休みたがっていたし、板挟みにさせるのは気の毒だったからだ。そして章は、次に彼女が出勤してきたときは、やっぱり大変だったよと言おうと思っていた。

ただ「いなくてもなんとかなった」と言われるのと、「なんとかなりはしたけど大変だった、やっぱりいてほしかった」では、受け取るほうの気持ちが違う。

『鶏百珍』に解雇された今、安曇は自信を失っているかもしれない。全部が閉店するなら諦めもつくが、ほかにも店があってそちらへの異動を打診されなかったというのはかなりのダメージだろう。どうかすると、料理人失格の証と思い込みかねない。さっきの尋常ではない謝り方も、『ヒソップ亭』でもいらないと言われたらどうしよう、という気持ちの表れのような気がする。

切り捨てられたときのやるせなさを、章はよく知っている。『ヒソップ亭』に必要な人材なのだと伝えることで自信を取り戻してほしかった。

安曇の肩に不自然に入っていた力が抜けたのを確認し、章は『鶏百珍』の様子を訊ねた。

「それで、あっちはもう片付いたの？」

「なんとか。いきなり閉店させたので大変でしたけど……」

『鶏百珍』が民事再生法を申請したことは、ニュースで初めて知った。客足が落ちていることは明白だったが、従業員は皆、なんとかなると思っていたし、店を閉めるなんて一言も言われていなかった。ところが、ニュースが流れた日、エリアマネージャーがやってきて「この店は八月末で閉めることになった」と言う。

従業員、とりわけパートやアルバイトは呆然とした。当然だ。八月末まではあと数日しかない。新しい職場を探すには、あまりにも短い時間だった。おまけに閉店日が早まってしまったのだから、どうしようもない。

幸い押しの強い社員がいて、こんなやり方はひどすぎると談判してくれたおかげで、なんとか一時金を出してもらえたものの金額としてはごくわずか……。従業員たちは今、新しい職場を必死に探しているそうだ。

「なんでそんなにすぐ閉めたの？　普通なら一ヵ月とか二ヵ月前に予告するでしょ？」

夜逃げでもあるまいし、と憤慨する桃子に、安曇は諦めきった様子で答えた。

「以前からいい加減でした。朝令暮改というか、行き当たりばったりというか……」

「そんなだから潰れるのよ！」

「でしょうね……。不幸中の幸いは、私が社員になってなかったことです」

「社員になりたかったの？」

立ち入ったことだと思いながらも、訊ねずにいられなかった。

川西泰彦から安曇のことを聞かされたとき、『鶏百珍』がどんな店なのかを調べてみた。調べたといってもホームページを見たぐらいだが、そこには従業員募集欄があり、社員登用制度について書かれていた。アルバイトやパートで入っても、社員になることもできる、というやつだ。もしかして安曇はそれを狙って入ったのだろうか、と……

だが安曇は、章の問いに首を左右に振った。

「いいえ。正社員の身分が欲しくなかったって言えば嘘になるし、最初はちょっといいなと思ったことも確かです。でも、働いているうちにここではなあ……って」

「打診されたことはないの？」

「ずっと前に一度。でも断りました」

「そのせいで待遇が悪くなったとか……」

「もしかしたら……」

「なんですぐ辞めないのよ！」

桃子の怒りが爆発した。だが、安曇はなぜか申し訳なさそうに答える。

「働きぶりを認められたんだ、って嬉しかったんです。飲食店は随分探したんですが、ほかのところはまずホールからって言われちゃって。そんな中、あそこはちゃんと最初からキッチンスタッフとして入れてくれました。辞めたら、次はキッチンの仕事はできないかもって……」

「そんなわけないじゃない。だって安曇さん調理師の免許を持ってるでしょ？」

「案外たくさんいるんですよ、調理師って。それに、調理師の免許を持ってなくても、キッチンの仕事はできるんです。ああいうチェーンのお店のホール係はけっこう入れ替わりますけど、キッチンはそうでもないみたいで……」

一度椅子を離れたら、次も座れる保証はないと思った、と安曇は言う。

景気がどんどん悪化している状況では、次の職のあてもないのに仕事を辞めるのはリスキーすぎる。安曇は、望みどおりにキッチンを担当していたのだ。多少待遇が悪くても、よその店でホール担当になるよりいい、ましてや無職になるなんてもってのほか。いずれは違う料理も任せてもらえるかもしれない。それまで頑張ろう……と考えるのも無理はなかった。

「でも、結局こんなことになっちゃったんだから、あのとき思い切って辞めておくべきだったかも……」

「それはしょうがないよ。こんなに急に不景気になるなんて、予想もしてなかったんだし」

「まあそうなんですけどね……。でも、とりあえず店の片付けは終わりましたし、一時金も出してもらえました。ただ働きじゃなくなっただけでも御の字です。あとはなんとか次の仕事を見つけてまた頑張ります」

「次の仕事……」

そこで桃子が章の顔をじっと見た。

——『ヒソップ亭』の仕事を増やしてあげるわけにいかないんですか？

顔にそう書いてあるようだった。それでも言葉にしなかったのは、実現は難しいとわかっているからだろう。都心にある飲食店ほどひどくはないが、『ヒソップ亭』だって採算ぎりぎりの状況だ。

客が増えない限り、人件費を膨らませることはできない。そして、今以上に客が増える可能性があるかと聞かれたら、答えはノーだった。

「次の仕事はおいおい探すしかないね。俺も心当たりを訊いてみる」

「私も！」

「本当ですか？　ありがとうございます！」

安曇は『ヒソップ亭』のシフトを増やしてほしいなんて言わない。おそらく、ここで勉強させてもらえるだけでもありがたい、と思ってくれている。だからこそもっと力になりたいのに、なにもできない。それが歯がゆかった。

「ってことで、そろそろ仕事にかかろうか。今日は『猫柳苑』が満室だから、うちに来てくれる人も多いかもしれない」

「もうこんな時間！　すみません、無駄話して！」

慌てて安曇が鞄を開ける。エプロンをつけ、バンダナで髪をまとめている間に桃子が暖簾を外に出し、『ヒソップ亭』の夜の営業が始まった。

その日、店を閉めて桃子と安曇が帰っていったあと、章は『猫柳苑』の事務室に向かった。そこに行けば勝哉か雛子がいるはずだ。ふたりとも顔も広いし面倒見もいい。安曇が働けそうなところを知っているかもしれない、と思ったのだ。

ところが、ドアを開けて入ってみるとふたりともいた。相談相手は多いに越したことはない、と喜びかけたものの、なんだか違和感を覚える。ふたりとも仏頂面だし、漂う空気がひどく重い。

どうやら夫婦喧嘩の真っ最中に踏み込んでしまったようだ。

まいったな……と思いながら、平静を装って声をかける。

「お疲れさん。ちょっといいかな？」

返ってきたのは、無愛想《ぶあいそう》きわまりない声だった。

「よくない。見てわからないか？　お取り込み中だよ！」

「そんな言い方ないでしょ！」

「うるせえ！」

「うるさいのはあなたよ！　ごめんね、章君。まあ座って」

事務室には椅子がふたつしかない。雛子は謝りながら章に席を譲り、お茶を淹れ始めた。長い付き合いだからわかっている。勝哉がこんなふうになることは珍しいが、いったんこうなったらなにを言っても無駄、ろくな返事はしてくれない。雛子がお茶を淹れているのは時間稼ぎのため、水入りならぬお茶入りといったところだろう。

やむなく出されたお茶を一口、二口啜る。勝哉も湯飲みに手を伸ばす。しばらく文字どおり『渋茶《しぶちゃ》を啜るみたいな顔』で飲んでいたあと、ようやく口を開いた。

「で、なんの用だ？」

なんの用だとはご挨拶だな、と思ったが、言い返したら元の木阿弥《もくあみ》だ。ぐっと抑えて安曇の窮状について話した。

「『鶏百珍』の話を聞いて心配はしてたんだけど、やっぱり首を切られちまったのか……。それで次のあてはあるのか？」

「ないらしい。それで、おまえたちならどこか知ってるんじゃないかって……」

「仕事上がりに事務室に寄るなんて珍しいと思ったらそういうことか。とはいえ、厳しいのはどこも同じだろうしなあ……。おまえ、どこか知ってるか？」

さっきまでの重苦しい空気はどこへやら、いつもどおりの顔で勝哉は雛子に訊ねる。雛子はほっとしたように答えたが、中身そのものは章の期待とはほど遠いものだった。

「ごめんなさい。さすがにこのご時世じゃ……」

「だよな……。去年までならいくつか紹介できそうなところもあった。むしろ、俺が都内の店とも付き合いが深いのを知ってるから、働いてくれそうな人を引っ張ってきてくれないかって、あっちこっちから頼まれてたぐらいだった。だが、それも今はさっぱり」

「そうなのか……」

「売り手市場は完全に崩壊、かといって買い手市場でもない。今の旅行、飲食業界は息も絶え絶え、人を雇う力なんて残ってないんだよ」

売り手も買い手もあったもんじゃない。そもそも市場が成立していないのだと勝哉は言う。言われてみればそのとおりだった。

「そうか……そんなに厳しいのか」

「今、人を雇えるのはインターネットでの買い物が増えたせいでてんてこ舞いになってる運送業か、ＩＴ企業ぐらいじゃないのか？」

「運送業か……確かに人は足りなそうだけど、安曇さんには厳しそうだな」

「優秀な人だから、能力的にはやってやれなくもないんだろうけど、飲食業から離れるぐらいなら元の会社に戻ったほうが……」

「それこそ無理だろ。辞めてすぐならまだしも、もう四年近く経ってる。本人だって戻る気なんてないだろうし」

「うーん……」

勝哉は考え込み、章は困り果てる。そんなふたりを交互に見ていた雛子が、意を決したように言った。

「それ、夕食を復活させれば解決するんじゃない？」

どん――

言い終わるか終わらないかのうちに、大きな音がした。勝哉が力任せに湯飲みを置いた音だった。

「それは無理だってさっきも言っただろ！　ことあるごとに蒸《む》し返《かえ》しやがって！」

――それで揉めていたのか……

肺が空っぽになりそうなほど、深いため息が出た。

少し前に勝哉は、夕食については現状維持だと伝えに来た。てっきり夫婦の結論だと思っていたが、この様子では雛子は納得していなかったらしい。

「ごめん、雛ちゃん！　きっとうちのことを心配してくれてるんだよな？　でも……」

雛子は『ヒソップ亭』の今後を心配して、勝哉に掛け合い続けてくれているのだろう。自分が夫婦喧嘩の原因になるのはしのびない。ここはきっぱり断っておかねば、と思ったが、雛子はそうではないと言う。

「『ヒソップ亭』だけを心配してるわけじゃないの。うち自身がこのままじゃ先細り、なんとかしなきゃって思ってた。でも、お風呂やお部屋はもうできることは全部やったあと……ていうか、できることはあるんだろうけどお金がかかりすぎるのよ」

手入れは行き届いているにしても、設備はどれも古くなっている。大幅にリニューアルすれば、それを謳い文句に客を呼べるかもしれないが、そこまでの資金がない。食事の改善であれば、設備をいじるほどお金はかからないだろう、と雛子は考えたらしい。

「夕食つきにすれば、お客さんはうちから出ないわ。今までは町のお店と共存共栄方針だったけど、正直それどころじゃないのよ」

客が外に行ってしまえば、『猫柳苑』の収入には結びつかないが、『ヒソップ亭』は『猫柳苑』のテナントなので、売上の一部を『猫柳苑』に支払うことになっている。勝哉夫婦の厚意で歩合は低く抑えてもらっているにしても、収入がないよりはマシだ。素泊まりだけの宿にしたあと、『ヒソップ亭』を作ったのも、サービスの朝食を出すのも、できる限り客を『猫柳苑』に留《とど》めて売上を増やす目的があってのことだ、と雛子は言う。

「そりゃあもちろん、章君を助けたいって気持ちはゼロじゃない。でもそれだけじゃないの。うちがだめになったら、『ヒソップ亭』も共倒れ。どうにかしてそれを防ぎたい。そのためにも夕食を復活させたいの」

力説を続ける雛子に、勝哉は眉間の皺を深くする。

「だーかーらー！　それじゃあ客が来なくなるって言ってるだろ！　おまえの耳は竹輪か！」

「あなたはことあるごとにそう言うけど、本当かしら？　どうやったって人間は食べずにいられないのよ？　外のお店に行くか、うちで済ませるかの違いでしかないじゃない！」

「かかる金額が違うだろうが！　『ヒソップ亭』にそこらのファミレスみたいな値段で出せって言うのか!?　そんなことしたら、こいつは大損だぞ！」

章のことだから食材の質を落とさないままに値段だけを下げるに決まっている。利益が確保できなくなって、今よりもっと苦しくなるだけだ、と勝哉は断言する。そして、その意見に章は反論できなかった。

黙り込む章を見て、鬼の首を取ったように勝哉が言う。

「こいつの顔を見ろよ。図星じゃねえか！　俺は章を『ヒソップ亭』と心中させる気なんてない」

「なんでそんなに頭が固いのよ！　町の定食屋さんと同じ材料を使っても、章君のほうがずっと美味しく作れる。お客さんだって満足してくれるし、次もうちで食べようって思ってくれる。うちも『ヒソップ亭』も大繁盛。安曇さんにも、もっともっと働いてもらえる。万々歳じゃない！」

それじゃだめなの？　と詰め寄っても、勝哉はそっぽを向くばかり。埒があかないと思ったのか、雛子は章に向き直った。

「章君はうちの夕食を復活させるのに賛成よね？」

これまでずっと賛成だった。『猫柳苑』の夕食をまとめて請け負えれば、『ヒソップ亭』の売上はぐっと上がり、安曇を常勤にすることができる。宿泊客の数は前もってわかっているのだから、仕込みの量を決めかねて苦労することもない。完全に安泰とは言えないまでも、今よりずっと余裕ができる。

それを阻む勝哉は、やはり『猫柳苑』のほうが大事で、『ヒソップ亭』のために危険を冒す気はない。だがそれも、責任感に溢れる勝哉の性格や、入り婿《いりむこ》という立場を考えればやむを得ない、と無理やり納得していた。いずれ風向きが変わることもあるだろう、と……

ところが今、章は夕食復活反対派に移行しつつあった。

すう……と息を吸い込んで、章は口を開いた。

「ごめん、雛ちゃん。俺も今は時機じゃないと思う」

「どうして……？　章君は賛成してくれてるとばかり思ってたのに……」

「適当な食材を使えば、安く出すことはできる。でも俺、そういうのは嫌なんだ」

「ちょっと妥協すればいいだけでしょ？　安くても質のいい食材はいくらでもあるし、それを探すのも料理人の仕事のひとつよ」

「それは料理人じゃなくて経営者の仕事だよ。俺は『ヒソップ亭』の経営者には違いないけど、なにより料理人でいたいんだ。納得のいく食材で、納得のいく料理を作りたい。妥協なんてしたくない。適当な食材を使って、あっちが使えればもっと旨かったのに……なんて思いたくない。全力でこれ以上はないって料理を作りたいんだよ」

「ほらみろ。だから言ってるんだ。おまえは先細りを心配するけど、この状況で『先細り』って言えるだけマシなんだ。先どころか、今現在細りまくって潰れそうになってる店がどれぐらいあることか。今はじっと耐える時期だ。下手にじたばたしてしくじったらどうする？」

勝哉の声に悲痛な色がまじる。

無理もない。『猫柳苑』が潰れたら『ヒソップ亭』も巻き添えになる。ましてや章は経営者としては駆け出しで、自ら経営者よりも料理人でありたいと明言したぐらいだ。『ヒソップ亭』を開かせた手前、潰さずに済むよう自分が頑張らなければ……と思っているのだろう。

このままでは最悪『猫柳苑』と『ヒソップ亭』で働く全員が職を失ってしまう。この町では新しい職に就ける望みは薄いし、大半がこの町に生まれ育った者なのに、今更外に出ろというのは気の毒すぎる。桃子のように親の介護をしていればなおさらだ。

雛子はよそのことなど考えている場合じゃないと言った。だが、ふたりのやりとりを聞けば聞くほど、勝哉の意見が正しく思えてくる。その上、勝哉は章の料理人としての矜持まで理解してくれている。それが、章が夕食復活賛成派から反対派に回った理由だった。

「な、章だってこう言ってる。安曇さんには気の毒だが、『ヒソップ亭』のシフトを増やす形での助力は難しい。章だって、それができないってわかってるから、どこかに働き口がないか、なんて訊きに来たんだろ？」

「……まあ、そうなるな」

あわよくば夕食を復活させて安曇のシフトを増やしたい。本雇いにできれば言うことはない。そう考えながらも、心のどこかで無理だとわかっていた。だからこそ、せめて新しい働き口を探してやろうと思った。端から端まで勝哉が正解だった。

「俺も精一杯アンテナを張って探してみる。それと、これは提案なんだが……」

そう言って勝哉が示したのは、職探しとは異なる救済策――安曇をこの町に引っ越させてはどうか、というものだった。引っ越し先は『猫柳苑』にある従業員用の部屋でもいいし、プライベートを重視したいならアパートを借りてもいい。この町は都内よりずっと家賃も物価も安いから、生活が楽になるだろう。不景気で引っ越す人も減っているし、敷金や礼金はなくてもいいという物件も探せばあるはずだと……

確かに方法のひとつではある。勝哉は得意そうに説明したが、安曇にとっては諸刃《もろは》の剣、受け入れるかどうか難しい気がした。

「引っ越し……ですか？」

次の火曜日、章は出勤してきた安曇に勝哉のアイデアを話してみた。案の定、彼女は困惑している。逆に大喜びしたのは桃子だった。

「それって安曇さんのシフトが今よりずっと増えるって前提ですよね？　今の家から通ってくるよりここにいたほうがずっと楽、ってことでしょ？」

「えーっと……」

肯定できればどれほどよかっただろう。だがそんな嘘はつけるわけがない。困った顔になった章を見て、安曇がため息まじりに言った。

「そうじゃなくて、単に家賃を浮かそうってことですよね……」

「実はそのとおりなんだ。『猫柳苑』の寮にも空きがあるし、よそで借りてもいい。勝哉に言われて俺もちょっと調べてみたけど、都内よりもずっと安い。勝哉の知り合いの不動産屋に頼めば、諸費用も優遇してくれると思う。引っ越しだって、ひとり暮らしの荷物なら俺たちが手伝うから金はかからない。ただし……」

「都内に通うにはちょっと……」

「そうなんだ……」

いくら仕事が見つけにくいと言っても、求人数自体は都内のほうが多いに決まっている。この町に引っ越せば、都内で仕事を見つけたときに通いづらくなる。新しい職場が『ヒソップ亭』のように交通費を全部出してくれるとは限らない。

そもそも九時五時の会社ならまだしも、飲食店が都外に住む人間を雇ってくれるだろうか。『鶏百珍』のように終業時刻が遅い店は、公共交通機関を使わずに通える人間のほうが重宝する。車も持たず、自転車やバイクで通うには遠すぎるという条件は、不利以外のなにものでもなかった。

「一時的には楽になるかもしれない。仕事がない日でも飯ぐらいうちに食いに来ればいいし。今時風呂なしの物件なんてほぼないけど、それすら『猫柳苑』があればどうにでもなる。でも、その先どうするってなると……」

「正直微妙ですね……」

「大将、どうして支配人にもっと食らいついてくれないんですか！『猫柳苑』の夕食を復活させればいいだけのことでしょ！」

「だからそれはさ……」

そこで章は、先日おこなわれた深夜の三者会談について話した。夫婦喧嘩の真っ最中に踏み込んでしまって難儀した……とも。

「あの仲よしの支配人夫婦が喧嘩……。そこまで真剣に考えての結論じゃ仕方ないですね」

桃子はひどく残念そうに、それでもやむを得ないと納得したようだ。もちろん安曇はもともと無理だとわかっていたようで、微かな笑みを浮かべながら言った。

「本当にいろいろ考えてくださってありがとうございます。でもこの町に引っ越すかどうかは、もうちょっと考えさせてください」

「うん。あくまでも一案だからね。新しい仕事が見つかるのが一番だと思うし」

うちのシフトを増やしてやれなくて申し訳ない、と詫びる章に、安曇は慌てて答えた。

「とんでもないです！　こんなによくしていただいてるのに、この上なんて罰が当たります」

「とは言っても、俺としては、なんとかうちの仕事を増やして、いずれ本雇いにって思ってたのに……」

「それはしょうがないです。予定は未定、先のことなんて誰にもわかりませんから」

妙に達観したような言葉で締めくくり、安曇は里芋を剝き始めた。すいすいと進む包丁の速度と鮮やかな剝きあとに、彼女の力量が表れている。サイズの大小はあるにしてもどれも同じ形、高級料亭の板前でも文句のつけようのない仕上がりだった。

「もともときれいにできてたけど、すごく速くなったね」

桃子がさかんに褒めている。そういえば、里芋に限らず、どんな下拵《したごしら》えも来たばかりのころの半分の時間しかかからなくなった。もう野菜も魚も安心して任せられる。こんなに頑張っているのに働いてもらえない。その辛さ、情けなさにうちひしがれる。

「一度引き払っちゃったら、また借りるのは大変になる。こっちをメインにできるって保証がない限り、支配人の言う方法は難しいよね。ほんと……こんなことになるなんて……」

桃子は遠い目をして呟き、椅子やテーブルを丹念に拭き始める。これまでだって励《はげ》んでくれていたが、このところの衛生管理の念入りさと言ったらない。かける労力も時間も倍以上だろう。

それでも文句ひとつ言わずに働いてくれるふたりは、『ヒソップ亭』にとって宝物だ。少しでも彼女らの待遇をよくするためにできることはないか。章の頭はそのことで一杯だった。

「大将、仕事が見つかりました」

安曇がそんな報告をしてくれたのは、『鶏百珍』が民事再生法を申請したというニュースを見てから一ヵ月半後、十月中旬のことだった。

「そりゃよかった！　で、どんな店？」

「たぶんご存じだと思うんですけど……」

そう言いながら安曇が挙げたのは、大手外食企業が展開するチェーン店のひとつで章もよく知っている居酒屋の名前である。ただし、評判はまったくよろしくなく、いくつか裁判まで起こされている『鶏百珍』も真っ青のブラック企業だった。

ほっとしたように聞いていた桃子の表情が、一気に心配の色に染まった。

「こんなこと言っていいのかどうかわからないけど、そこってあんまり……」

「わかってます。でも選んでる状況じゃないんです。雇ってもらえただけでもありがたいと思わないと……」

そもそも求人がない。特に安曇が望むような仕事はまったくない。あるのは午後十時から閉店までといった主婦や学生が入りづらい時間帯の穴埋め的な仕事で、時給は少し高くなるが短時間になるため大した収入にならない上に通勤に苦労する。仕事内容もレトルトを温めて盛りつけるだけといった、料理人としてのステップアップにはつながりそうにないものばかりだそうだ。

その店の求人記事はこのところまったく内容が変わっていない。普通なら採用が決まれば記事を取り下げるはずだから、応募者がいないか、採用担当者が情報を入れ替える時間がないほど忙しいのだろう。もしかしたら、採用はしていてもすぐ辞めてしまうのかもしれない。いずれにしても職場環境がいいとは思えないが、背に腹は代えられなかったと安曇は言う。

「蓄えがまったくないわけじゃありませんけど、それはいつか自分の店が持てたらと思って貯《た》めてきたものです。生活費に消えていくのはやっぱり……」

すでに一部には手をつけてしまっている。だからこそ早く仕事を見つけたい。より好みなんてしている場合じゃない。安曇の言うのはもっともだった。

「そう……そうだよね……。とにかく身体にだけは気をつけて」

「ありがとうございます。でも、こう見えて私、けっこう丈夫なんです。『鶏百珍』でも具合が悪くて休んだことなんて一度もありませんでしたし」

「ならいいけど……」

「この先も飲食業でやってくつもりなら、多少の無理はできないと」

安曇は、以前よりさらに達観が進んだようだ。章自身、体力的にも精神的にもいろいろな無理を重ねてきたし、だからこそ今があるとも言える。辛いのはわかっているが、なんとか乗り切ってもらうしかなかった。

こうして安曇は再びダブルワークとなった。

『鶏百珍』よりも少ないとは言え、新たな収入の道を見つけたことで、一時的には元気を取り戻したかに見えた。だが、その状況はそう長く続かず、日に日に安曇は疲れ果てていった。

「きついなあ……」

スマホを覗き込みつつ、安曇がため息をついた。章の視線に気づいたのか、安曇は慌ててスマホをポケットにしまった。

「すみません。仕事中なのに」

「いいよ。今はお客さんいないし。それで、きついって？」

「来月のシフト表が送られてきたんですけど、なんせ連勤が多くて……ほとんど毎週、日、月、連勤。一日飛んで水、木曜日、どうかすると金曜日も……」

火曜日と土曜日は『ヒソップ亭』に来て、日、月、水、木は都内で働く。金曜日すら月の半分は出勤になっており、トータルすると安曇は一ヵ月に三日ぐらいしか休めない。いくらなんでもひどすぎだった。

「あっちのお店の人は安曇さんがうちでも働いてることを知ってるんだよね？」

「もちろんです。最初から『ヒソップ亭』の勤務日はシフト表に×印を入れて提出してます」

「それでもなおそんなシフトを組んでくるのか……」

よほど切羽詰《せっぱつ》まっているのか、さもなければ鬼か……とため息が止まらない。それでも安曇は、まるでシフトを組んでいる担当者を庇うような発言をする。

「一回に稼げる金額が少ないから、できるだけ日数が増えるようにしてくれてるんだと思います。休みたいなら×印をつければいいんですけど、回らないだろうなーと思うとできないし、頼まれれば、火曜と土曜以外ならまあいいか……ってなっちゃうんですよ。正直、お金は欲しいですし」

「回らないのは店の責任だよ」

店自体に人が足りなければ、ほかの店から回してもらう。あれだけ大きな会社であれば、社員だってたくさんいるはずだ。そのための社員だろう、と言う章に、安曇は弱々しく笑った。

「社員さんは私以上に休みなし、七連勤とか十連勤とか当たり前だって……。ひどいものです」

あの店の仕事がきついことは聞いていたし、ある程度覚悟もしていた。だが、実際は想像の倍、いや三倍はひどい。死んだ魚みたいな目をして働き続ける社員に、もっと休ませてくれとは言えない、と安曇は言う。

「私が休むってことは、社員さんたちが働くってことです。あの店はランチもやってますから、社員さんは朝から仕事をしています。その上深夜までなんて気の毒すぎて……」

「いや、それは安曇さんが考えることじゃないだろ。相手は社員なんだし」

「そうなんですけど、ついつい……」

給料だって高いわけじゃない。福利厚生も最低レベル、それなのに責任だけは限度いっぱいまで要求される。巷《ちまた》では飲食業の正社員なんてなるもんじゃない、という意見を耳にすることが多いが、少なくともこの会社に至っては否定しようがなかった。

「ここまでひどくはないにしても、『鶏百珍』も似たような感じでした。これ以上無理をしたら社員さんだって倒れちゃいます。そうなったらパートやアルバイトだってもっとひどいことになっちゃうかも……」

よその店からの応援なんて期待できそうにない。社員が倒れたら穴を埋めるのは自分たち、というか自分だ。それなら倒れる前になんとかすべきだと安曇は考えたらしい。

「見上げた考え方だが……とにかく無理はしないでほしい。どうしてもってときはうちを休んでくれても……」

「それは嫌です！　ここは私にとって大切な勉強の場です。ここにいれば包丁を使える。味つけだって自分でできる。私は料理人なんだって思っていられます。どれだけあっちの仕事がきつくても、そのために『ヒソップ亭』の時間を減らすのは……」

安曇の真っ直ぐな眼差しが、矢のように章の胸を刺す。改めて、料理人としてやっていきたいという彼女の願いを思い知らされる。伴わない現実に潰されそうになりながらも、安曇は一ミリでも前に進もうとしている。なんの助けもできない自分が、ただただもどかしかった。

「ごめんな、安曇さん……」

「謝らないでください。私は大丈夫です。お給料をいただきながら勉強できるんですから、それだけでありがたい。ましてや一流の先生のもとで……」

「俺は一流じゃないよ。一流だったら『ヒソップ亭』はもうちょっと人気の店になってるだろうし」

「それはただの宣伝不足ですよ」

「あーそれは仕方ないな……。うちは採算ぎりぎり、宣伝費なんてかけてたらあっという間に赤字転落だ」

「宣伝費なんてかけなくても口コミで十分です。でも、『ヒソップ亭』には年配のお客さんが多いし、若い方でもどこか落ち着いてるというか……頻繁にＳＮＳに書き込んだりしませんよね」

「そう言われれば……」

安曇の言葉でつらつらと常連の顔を思い浮かべた章は、思わず苦笑してしまった。

確かに年配客の割合は高いし、若い常連でもスマホをいじりっ放しということもない。たまに写真を撮ってもいいか、と訊ねられるが、それすらもSNSに記事をあげるというよりは、自分の記録のため、せいぜい友人に送るメッセージに添えるぐらいなのだろう。

その証拠に、『ヒソップ亭』で検索してみても、出てくるのは桃子が作ってくれた『ヒソップ亭』公式サイトという名のSNSのページと『猫柳苑』のウエブサイトぐらいのものだ。口コミサイトに店名は上がっているが、評価しているのは数人、しかもコメントの書き込みはない状態だった。

「泰彦からこの店の話を聞いたとき、どんなお店だろうって検索してみたんですけど、全然引っかかりませんでした。辛うじて出てきたのは、口コミサイトだけ」

「だろうなあ……」

「平均で星四つを超えてるんですから、口コミサイトの評価としては悪くありません。ただ、コメントがないからどこがどんなふうにいいのかわからない。まあ、あまり大げさに褒められても、身内のヤラセかもって疑われますけどね」

「それは嫌だな。そんなことを思われるぐらいなら、ノーコメントでいい」

「それが大将の方針だとはわかってますけど、もうちょっとうまくSNSを使えないかなって思います。SNSなら宣伝費も無料ですし」

「いい評価だけじゃなくて、悪評だって書かれるかもしれないぞ」

「『ヒソップ亭』にそんなことをするお客さんはいないでしょう。いたとしても、きっともっとよくなってほしいって一心でしょう」

「安曇さんは人がいいなあ……。書き込むのは客とは限らない。ライバル店が蹴落とそうとしてるって場合も……あ、ないな、ライバル店なんて」

途中で噴き出した章を見て、安曇も笑い出す。ライバルもいないのにこの売上か……とふたりで大笑いしたあと、安曇は真顔に戻って言った。

「少しは『ヒソップ亭』を宣伝する方法を考えたほうがいいと思います。それと、私の優先順位の一位は『ヒソップ亭』です。できればこれからも……」

「わかった、わかった！　安曇さんが大丈夫ならいいんだ。とにかく身体だけは大事にしてくれ。身体を壊したら終わりだよ」

「ありがとうございます。気をつけます。あと、宣伝の方法を少し考えてみていいですか？　お客さんが増えれば、私ももっと働かせてもらえますよね？」

「もちろん。でも、本当に無理だけはしないで」

二度、三度と身体に気をつけるよう繰り返し、章はその話を終わらせた。安曇は考えてみると言ったけれど、そう簡単な話ではない。

ただでさえ旅行や外食がためらわれる状況なのだ。馴染みの店なら安心、あるいは応援したいという気持ちから利用する人はいるかもしれないが、行ったこともない店を支えようとする人はそう多くないだろう。

――『猫柳苑』の夕食復活が難しい以上、ほかの方法で売上を増やすしかない。安曇さんがそこに望みをかけたい気持ちはわかるけど、こればっかりは……

誰もが暗いトンネルの中にいる。まだ『ヒソップ亭』はいいほうだ。力尽きて倒れ込んだ者がたくさんいる中、光明を求めて彷徨《さまよ》う力が残されている。今のうちになんとかせねば、気持ちは焦るが具体的手段はない。

バンダナで髪をきちんとまとめ、念入りに手を洗う安曇に聞こえぬように、章はそっとため息をついた。

意外な成り行き

季節は晩秋から冬へと変わった。

景気の悪化は止まるところを知らず、あちこちから年を越せそうにない、あるいは年は越せても新しい年度を迎えられそうにない、といった嘆きの声が聞こえてくる。

『ヒソップ亭』と『猫柳苑』も影響が皆無とは言い切れない。それでも、出張で使う客こそ減ったけれど、遠方に出かけるのは億劫だが近場の温泉なら……という近隣の客が増えて売上としてはなんとか昨年の七割程度を推移している。

対して、利用者の大半が新規客だった旅館や旅行客狙いの飲食店、土産物屋の落ち込みは著《いちじる》しく、年末を待たずに暖簾を下ろさざるを得なくなった店が相次いでいた。

そんな師走のある午後、『魚信』を訪れた章に信一が弱りきった顔で告げた。

「大将、『みやむら』さんが店を閉めるらしい……」

珍しく落ち込んでいるのは、『みやむら』が和食割烹で『魚信』とは親子三代にわたる付き合いの上、今の店主には子どものころから随分かわいがってもらったという事情があるからだろう。

「『みやむら』さんがですか？　でも、あそこには常連がたくさんついてましたよね。それに、個室があるからゆっくりできるって評判だったし……」

「常連は多かったし、金払いがいい客ばっかりだった。でもな、よっぽどじゃない限り、金払いがいいってことはそれなりに年を取ってるってことなんだよ。個室で安心できるっていっても、そもそも外に出かける元気がなくなっちまったみたいで、客が減り始めていたそうだ。宮村《みやむら》さん自身も年を取った。もうそろそろ引退しても……って思ったんだってさ」

このまま商いを続けても赤字が増える一方だ。それぐらいならいっそ店を畳んでしまったほうがいい、と店主は語ったらしい。

「継いでくれる人間がいるわけじゃなし、老後に備えて蓄えたものを店の赤字で食いつぶすなんて、って奥さんも言ってるんだってさ。止めようがないよ」

「そういえば『みやむら』さんには、跡取りさんもいませんでしたよね」

「ああ。一時は料理人を育てて跡を取ってもらおうと思ったらしいけど、育てた料理人はみんなよそに店を持っちまった。もともと東京や大阪から来た人間ばっかりだったそうだしな……」

章のように、この町に生まれ育った者でなければ、ここに店を構えようとは思わない。『みやむら』はこの町では大きいほうだけれど、歴史がある分背負うものも大きい。成功しても失敗しても『みやむら』の暖簾に傷をつけかねない。小さくても自分なりの店が持ちたい。それなら離れた場所、かつ新規の客が得やすい都会に……と考えるのも無理はないだろう。

「せめてもの救いは、借金だらけでやむにやまれずってわけじゃないってことだ。あとは夫婦ふたりで仲よく年を取っていくんだろう」

もうすでに十分年は取ってるけどな、と冗談めいた言葉を足し、信一は無理やり笑った。

『魚信』と取引しているのは『みやむら』だけではないが、店の規模から考えて売上のかなりの部分を占めているはずだ。閉店は『魚信』にとってもかなりの痛手だろう。

「この先、どうなっちまうんだろうな……」

いつも元気いっぱいな信一が漏らした呟きが、章の心を重くする。そして章には、もっと気になることがあった。

「あそこで働いてた人たちはどうなるんですか？」

章が知っているだけでも料理人がふたり、仲居も三人ぐらいいたはずだ。『みやむら』が閉店したら、みんなが職を失ってしまう。状況を考えればやむを得ないけれど、いたたまれない気持ちは止められなかった。

「そのあたりはちゃんと考えてたらしい。あっちこっちの店に相談しまくって、なんとか押し込んだんだってさ」

「このご時世でよく……」

「だよなあ……。さすが宮村さんって感じだ。今まで散々いろんな人の面倒を見てきたはずだ。頼まれたら一肌脱ぐって人がそれなりにいたんだろう」

「それならまあ、安心ですね」

口ではそんなことを言いながらも、羨ましさがこみ上げる。せめて自分に『みやむら』の主のような人望があったら、安曇にもっといい仕事を紹介してやれただろう。だが、章は専門学校を出てからずっと勤めていた料亭ですら、あっけなく首になった身だ。人望も人徳もあるとは思えない。一生懸命働いてきたつもりなのに、なにが違ったのだろうと悲しくなってしまった。よほど辛そうな顔をしていたのだろう。信一が、章の肩をバン、と叩いて言った。

「おまえがそんなへこんだ顔をするなよ！　直接取引はしてないだろ？」

「そりゃそうですけど……。師匠のところは大丈夫なんですか？『みやむら』さんはお得意さんでしょうに」

「まあ、なんとかするさ。いざとなったら『ヒソップ亭』に納める分の値段を上げる」

「勘弁してください、お代官様ー！」

芝居がかった台詞に信一は大笑い、ようやく重苦しい空気が去った。章はほっとする思いで翌日仕入れる魚の相談を済ませ、『ヒソップ亭』に戻った。


「大丈夫!?」

ガシャン！　という音に続いて、桃子の声が響き渡った。

慌てて顔を上げると、安曇が呆然と流しを見ている。どうやらグラスを落としてしまったらしい。

「すみません……割っちゃいました」

「平気よ。どうせサービスでもらったやつだし。ね、大将？」

「ああ。グラスなんてどうでもいい。それより、怪我はしなかった？」

たとえ作家の一点ものの器だったとしても、所詮ものはものだ。すでに壊れてしまったのだからぶつくさ言っても仕方ない。わざと壊したというなら話は別だが、安曇がそんなことをするわけがなかった。

「大丈夫です。つい手が滑って」

「ならよかった。でも珍しいわね。私ならともかく安曇さんがグラスを落とすなんて」

「私ならともかく、って……」

苦笑する章をよそに、桃子の心配が止まらない。

「安曇さん、疲れてるんじゃない？　なんだか顔色がよくないし、目の下のクマも全然消えない。お肌もかさかさ……はっきり言って、ここ一ヵ月ですごく老け込《ふこ》んじゃったよ」

「ちょっと桃ちゃん……」

咎めるような口調になったものの、実は章も同じように感じていた。初めて安曇が『ヒソップ亭』に来たのは一月半ばだった。それから一年も経っていないのに、安曇は二歳か三歳年を取ったように見える。『老け込んだ』という表現に相応《ふさわ》しい風貌だった。

それでも本人に面と向かって言うべきことではない。章だったら完全にセクハラだし、桃子でもぎりぎりアウトだろう。にもかかわらず、桃子はさらに言葉を続けた。

「ひどいことを言ってるってことぐらいわかってます。でも、このままだと安曇さん、本当に身体を壊しちゃう。お金を稼がなきゃならないのは知ってるけど、ほかに方法はないの？」

桃子は安曇に向かって話しているが、本当に聞かせたい相手は章かもしれない。

安曇本人は働くだけで精一杯で、ほかの仕事を探す気力すら失っているような状況だ。どうして早くほかの仕事を見つけてやってくれないの、と責められている気がしてならなかった。

章自身、勝哉夫婦に相談したあとなんの努力もしなかったわけではない。料理人仲間に連絡したり、求人情報を見たりもしてみた。だが、独立した仲間たちは人を増やす余裕はないと言うし、雇われている者は自分の職すら危ぶまれる状況だと言う。以前は山ほど入れられていた新聞の折り込みチラシは枚数が半減、しかも求人内容は介護職や運送業ばかりで飲食業なんてほとんどない。料理人の募集に至っては、皆無と言っていいほどだった。

桃子は、母親が離れて住む娘に言うような口調で訊ねる。

「それで、休みはちゃんと取れてるの？」

「休み……なにも仕事がない日っていう意味なら、先々週に一日ぐらいあった気が……」

「先々週!?　それっきり働きづめなの？　それじゃあ大将と変わらないじゃない！」

そこで俺を引き合いに出さないでほしい。大将がやれるなら自分だって、と言いかねない。章より十六歳も若いのだから、できないはずがない、と開き直られたらやっかい……と思う間もなく安曇が答えた。

「大将がやれるなら私なんて余裕です。大将は働きづめですけど、私はパート。たとえ夜中まで仕事をしても翌日の昼まで寝てられますから」

大丈夫、大丈夫と繰り返す安曇に、やむなく章は言い聞かせた。

「あのね、安曇さん。何度も言うけど、安曇さんに来てもらったのは、俺がこんな状態じゃまずいって周りが心配したからなんだ。俺がどれだけ平気だって言っても信用してくれない。たぶん、自分で思ってるより大丈夫には見えてないんだろう。同じことが、安曇さんにも言える。俺から見ても、安曇さんはへとへと。今回はグラスだったけど、次は安曇さん自身が怪我をしたり、病気になったりするかもしれない。それじゃあ困るんだよ」

安曇と章では、根本的な体力の差が否めない。骨の太さや筋肉量が違う。同じように立ちっ放しでも、身体にかかる負担は大きく異なるだろう。

「今はまだ若いから無理が利くと思ってるのかもしれない。気力で補ってる部分もあるだろう。だけど、気力が衰えたら一気に身体に来る。これからも料理人としてやっていきたい、いつか自分の店も……って考えてるなら、なおさら身体には気をつけなきゃ」

「はい……」

安曇がこくりと頷いた。それでも、どことなく生返事のような気がして、章はさらに言葉を重ねる。

「働ける時間が短いから日数で稼ぎたいって気持ちはすごくわかるけど、休みはちゃんと確保するように」

そこでまた桃子が口を開く。とにかくなんとかしなければ、と必死なのだろう。

「そうそう。あっちの言いなりになっちゃだめ。ここは休むって決めたら貫かないと。この人は断らないと思われたら、どんどん無理なシフトを組まれちゃう。日時を選んで働けるのがパートやアルバイトのいいところなんだから、店の都合まで考える必要なんてないのよ」

ふたりがかりで言い聞かされ、安曇は週に一度は休みを入れると約束した。だが、約束が守られるかどうかは怪しいものだった。

『魚信』の美代子が『ヒソップ亭』にやってきたのは十二月初旬の金曜日、夕ご飯を食べに来る客が一段落した午後九時過ぎのことだった。

「こんばんは、章さん」

「いらっしゃい、女将さん。珍しいですね」

美代子が営業中の『ヒソップ亭』に来るのは稀だ。しかも、ひとりきりの来店である。どうしたのだろう、と思っていると、信一が不在だという。

「同窓会で出かけたのよ。それで私もたまには羽を伸ばさせてもらおうと思って、子どもたちの食事を済ませてから出かけてきたの。お客さんが一波過ぎる頃合いだし、ひとつぐらい席が空いてるかなーって」

「ひとつぐらいもなにも、ぜーんぶ空いてます。どこでも選び放題ですよ！」

自慢にもならない台詞で、桃子が迎え入れる。美代子が選んだのはカウンターの奥から三番目、ちょうど章と向き合う席だった。

おしぼりと箸を出しながら桃子が訊ねる。

「お食事はお子さまたちと？」

「ううん。せっかく『ヒソップ亭』にお邪魔するんだもの。お腹《なか》はグウグウ鳴ってたけど、なんとか我慢したわ」

「それは大変でしたね。お飲み物はどうされます？　あ、もちろん、お食事だけでも大丈夫ですよ」

「なに言ってるの、いただくに決まってるでしょ。なにかおすすめはある？」

夫はおそらく午前様、明日は学校が休みだから弁当も作らなくていい。中年女の『ひとり呑み』も乙《おつ》でしょ、なんて美代子は悦に入る。すかさず桃子が品書きを差し出した。

「美代子さんは、お料理にお酒を合わせる感じですよね？　ここに今日のおすすめ料理が書いてありますから、召し上がりたいものを選んでください」

「あ、そうね！　じゃあ……」

品書きにさっと目を走らせ、美代子が選んだのは『味噌カツ』だった。

「豚カツや一口カツじゃなくて味噌カツっていうのがいいわ。私、味噌カツが大好きなのよ。昔よく食べたわ」

「女将さん、名古屋にご縁がある方でしたっけ？」

味噌カツといえば名古屋のご当地グルメだ。今ではなく昔、しかも「よく食べた」と言うぐらいだから、実家が名古屋とか学生時代を名古屋で過ごした、とかだろうか……

だが、そんな章の質問に美代子はあっさり首を横に振った。

「ぜーんぜん。名古屋どころか、愛知には行ったこともないわ。ただ、高校時代の友だちのお母さんが名古屋の出身で、家にお邪魔したときにご馳走になったの。それがまあ、美味しくて……」

仲のいい者同士で集まっては、お泊まり会をやっていた。交代でそれぞれの家を回っていたが、その友だちの家で食べた味噌カツがあまりに美味しくてみんなが虜《とりこ》になり、最後のほうはその子の家ばかりになってしまったという。

「そんなに頻繁じゃなかったし、お母さんが優しい人で『いつでもどうぞ』って言ってくれたから甘えてたけど、よく考えたら迷惑な話。でも、やっぱりあの味噌カツが食べたくて、みんなして押しかけてたわ」

「そうだったんですか……。じゃあ、思い出の味ですね」

「そうなの。昔はお酒なんて呑めなかったけど、今は大丈夫だしね」

うふふ……と笑ったあと、美代子はビールと味噌カツを頼んだ。さらに注文をつける。

「ビールは味噌カツと一緒に出してくれる？　冷たーいのを熱々の味噌カツと一緒にいただきたいから」

「了解でーす！　大将、味噌カツ一丁、大至急！」

いったん出しかけたジョッキを冷蔵庫に戻し、美代子に敬礼する一方で桃子は章に檄《げき》を飛ばす。

だが、言われるまでもない。すでにカツは揚げ油の中に泳がせてある。食事だけの客ならお茶を出すところだが、ビールの前にほかの飲み物なんてもってのほかだ。飲み物なしで待たせる時間は最短に越したことはなかった。

「やっぱり八丁味噌なのね！」

カウンター越しに章の手元を覗き込んだ美代子が歓声を上げる。

赤と言うよりもほとんど黒に見える八丁味噌は、味噌カツと同じく愛知の名産品だ。名古屋でも八丁味噌を使わない店もあるが、章の中では味噌カツと言えば八丁味噌だった。

「キツネ色の豚カツに、黒っぽい八丁味噌のタレがかかってるとすごく締まりがいいわよね」

「締まり……ですか？」

「そう、締まり。カツがきりっとして見えるわ」

「はあ……」

そんな感想は初めて聞いた。面白い人だなあ……と感心しつつ、油の中の豚カツの様子を確かめ油の温度を上げる。弱火で揚げ始めて最後に一気に高温にする。厚めに切った豚肉にしっかり火を通し、衣をサクサクに仕上げるための技だった。

「ボリューミーねえ……」

油から引き上げられたカツを見て、美代子が嘆息を漏らす。

言われてみれば、遅い時間に食べるには負担な量かもしれない。だが、少し減らしましょうか、という章の言葉に、美代子はとんでもないと言わんばかりだった。

「絶対太る。でも食べるわ。お腹はぺこぺこだし、こんなに美味しそうな料理を見せられて、じゃあ半分で、なんて言えるほどストイックじゃないの！」

食べた分は動けばいい、なんて虚しい言葉を吐きつつ、美代子は豚カツに包丁を入れる章を見ている。サクッサクッという音に、ゴクリとつばを呑む音が重なった。

赤と言うよりも漆黒に近い味噌に炒り立ての胡麻を散らす。もちろん、千切りキャベツはたっぷり添える。八丁味噌を使ったタレは濃厚な味わいで、千切りキャベツは箸休めとして絶好だし、残ったタレと絡めて食べるのもいい。さすがにおかわり自由とまでは言えないが、揚げ物に添えられた山盛りのキャベツを喜ぶ客は多かった。

待ちに待った冷たいビールを二口、続いて熱々の味噌カツに箸を伸ばす。軽く目を閉じて味わったあと、またビールを流し込む。そして味噌カツをもう一切れ……味噌ダレが衣に吸われるより早く食べ尽くしかねない勢いだった。

大ぶりなカツを半分まで食べ進み、美代子はやっと一息ついた。

「あー……天国。自分で作らなくていい。片付けもしなくていい。なにより、揚げ立てを食べられる。贅沢だわー！」

「そっか……そうですよね」

そこで桃子が少し後ろめたそうな顔をした。

なにかと思えば、自分はまだ「揚げ立て」にありつける状況だと気づいたらしい。

「私、今でも母にご飯を作ってもらってるんですよ。極力自分で作ろうと思ってるんですけど、気がついたら母がもう作り始めてたとか……。仕事がある日なんて、家に着いたときには準備万端、フライも天ぷらも揚げ立てを出してくれるんです」

家事のかなりの部分を母に頼ってしまっている、と桃子はため息をついた。そんな桃子に、美代子はふっと笑って言う。

「いいじゃない、別に」

「でも……母だってもう年だし、やっぱり私がもうちょっと頑張らないと」

「お母さんだって、同じことを思ってらっしゃるのかもしれないわよ？」

「同じこと？」

「そう。娘は自分のために仕事を辞めてこの町に戻ってきてくれた。一緒に暮らせるのはすごくありがたいし、嬉しいけど、一日中働きづめなのは申し訳なさすぎる。せめて家事ぐらいは頑張らないと、って」

「いやいやいや！　それは本末転倒ですって。私は母の介護のために戻ってきたんですから」

「とは言っても、お母さんはまだまだお元気じゃない。ご自宅とはけっこう離れてるのに、うちにだって歩いて買い物に来てくれる。『これは桃子が好きだから』とか、すごく楽しそうにお買い物されてるわ。もしも家事もなにもかも桃ちゃんが背負い込んだとしたら、桃ちゃんは大変すぎるし、お母さんは一気に惚《ぼ》けちゃうかもよ」

「そうでしょうか……」

「間違いない。それに、母親って変なものでね。子どもがいくつになってても、ご飯の心配をするのよ。私の友だちもみんな言ってるわ。離れてれば、ちゃんと食べてるかな、って心配するし、一緒にいる子には美味しいものを食べさせて、栄養もしっかり取らせなきゃって思うって。本能みたいなものね」

「あーそれはわかりますね。俺のおふくろも、たまーに顔を出すとあれ食えこれ食えってやたらと食い物を積み上げますから。ちゃんと食べてる？　ってしつこく訊くし、俺の商売を忘れたのか、って言いたくなります」

実家に帰ったときの母の様子を語る章に、美代子はさもありなんといった様子だった。

「ほらね。大将ですらこの調子よ。桃ちゃんなんて言うに及ばず。ましてや、うちの子たちなんてまだまだ私が用意してやらないとまともにご飯も食べられないんだもの」

「やっぱり自分のことは二の次、三の次になっちゃいますよね。うちのおふくろなんて、俺がもうこれ以上食えない、ってなるまで自分は食わなかったりしますからね」

一緒に食べようと言うと、申し訳程度に箸をつけるが、少しでも多く章に食べさせようと躍起になっている。こんなに食ったら逆に身体に悪いから、と言ってもたまのことだからなどと言われてしまう。やむなくできるだけ食べるようにしているものの、健康診断の数値が恐くなるほどだった。

「どこも同じね。自分が食べるよりも、家族に出来立て熱々を食べてほしい。ぴっかぴかの笑顔で『これ美味しいね！』って言ってもらいたいのよ。だからこそ、こうやって誰かが作ってくれた出来立てのお料理を食べられると感動しちゃうの」

ありがたい、ありがたいと念仏のように唱えながら、美代子はビールと味噌カツを堪能する。きれいに平らげたところで、はっとしたように顔を上げた。

「そういえば、訊きたいことがあったんだったわ」

怪訝な顔で見返した章に、美代子が訊ねたのは安曇のことだった。

「安曇さん、今も週に二日ずつここで働いてるのよね？」

「もちろんです。火曜日と土曜日は来てもらってますよ」

「そう……じゃあ、なにか私が気に入らないこと言っちゃったのかな……」

「え？」

「安曇さん、このごろうちに来てくれないのよ」

『ヒソップ亭』で働くようになって少ししたころから、安曇は海を見に行っていた。一本早い電車に乗ってきては、仕事が始まるまでの時間を海で過ごしていた。最初はひとりだったけれど、そのうち美代子と仲よくなり、ふたりで海を眺めながらおしゃべりをするようになった。せいぜい十分か二十分と短いながらも、男所帯の美代子にとっては同性と話せる楽しい時間だったのだ。

それなのに、ここしばらく安曇が誘いに来てくれない。海が大好き、海を見ているだけで癒やされる、と言っていたぐらいだから、まったく海に行かなくなったとは思えない。おそらく自分を誘わなくなっただけだろう。なにか気に障《さわ》ることを言ってしまったのかもしれない、と美代子は肩を落とした。

「気に障ることとって……女将さんはそんな人じゃないですよ」

いつも元気いっぱいで、その分、勢い任せに話してしまうことがあるから、口がいいか悪いかに大別するとすれば、いいほうには入れられないかもしれない。それでも、悪意なんてこれっぽっちもないし、本質的に人を傷つけるような言葉は使わない。週に二日ずつコンスタントに話をしている安曇なら、それぐらいのことはわかっているはずだ。もしも故意に美代子を避けているとしたら、ほかに理由があるに決まっている。

章がそんな考えを語っていると、桃子がレジの下に置いていた鞄をごそごそやり出した。ちょっと失礼、と断ったあと、スマホを取り出す。どうやら、SNSのメッセージを確かめているらしい。

「あーやっぱり……」

「どうした？」

「安曇さん、ぎりぎりの電車で来てるみたい。これだと『ヒソップ亭』に直行するしかないですね」

桃子によると、安曇は電車に乗っている間に連絡してくるそうだ。なにか欲しいものがあったら買っていくと……

「え、桃ちゃんって、安曇さんに買い物を頼んでるの？　お母さんじゃなくて？」

ついさっき、家事の大半は母親に頼っていると言っていたのに……と思っていると、桃子はちょっと恥ずかしそうに言った。

「普段の買い物は母でいいんですけど、化粧品とか……」

「化粧品だとお母さんじゃだめなのか？」

「前は頼んでたんですけど、何度か間違えたんです。今は化粧品もすごくたくさん種類があって、品名をちゃんと読まないとわからない上に、字が細かくて……。老眼鏡を使えばいいようなもんですけど、私の化粧品を買うためだけに持っていってって言うのも申し訳ないなあ、って話をしたら、安曇さんが……」

「どうせ駅を通るんだから、買っていきますよ、って言ってくれたのね。安曇さんらしいわ」

「そうなんです。しかも、律儀に毎回連絡してきてくれて……」

「その連絡時間から割り出すに、今までよりも遅い電車に乗ってる、ってことか」

「名探偵桃ちゃん、ね」

「どうもでーす」

芝居がかった仕草でお辞儀をしたあと、桃子はさらに言う。

「要するに、美代子さんを誘っていないのではなく、そもそも海に行っていない。だから美代子さんは心配ご無用です」

「そうかしら……」

説明を聞いても、美代子はなお心配そうだ。そんな美代子に、桃子は重ねて言う。

「安曇さん、余裕がないんだと思います。ぎりぎりまで寝てるみたい……」

海を見に行くよりも、少しでも長く眠りたい気持ちが勝っている。それが一本早い電車に乗らなくなった理由だろう。それほど疲れているのだと、桃子はスマホの画面を見つめたまま言った。

「そんなに疲れてるのに、この町まで働きに来てるのね。けっこう時間がかかるのに……」

美代子の何気ない言葉が胸に刺さる。

所要時間を最優先に考えた移動経路を取ったとしても、安曇の自宅から『ヒソップ亭』までは一時間かかる。運賃を最少に抑えるために乗り換えを繰り返せば一時間半近くかかることになり、肉体的な疲労はかなりのものだろう。

考えてみれば、正規雇用でもないのに一時間以上かけて通勤するなんてあり得ない。交通費さえ払えばいいという問題ではまったくなかった。

「やっぱり無理がありますよね……」

項垂れる章を見て、美代子は気の毒そうに答えた。

「そうね……。安曇さんにしてみれば、働けばお金が入る。交通費は出てるし、技量だって上がるんだから、ってことで、頑張って通ってきてるんでしょうけど、体力的には厳しいわよね。都内の仕事も変わっちゃって、お休みがない状態なら余計に」

「本人は若いから大丈夫って言ってたから甘えてました。でも、大好きな海も見に行けないほど疲れてるなら……」

「待って、大将！　まさか安曇さんを首にするとか……」

桃子が焦りきった声を上げた。

仕事仲間としてはもちろん、友人としての安曇を失うかもしれないという気持ちが、普段よりも一オクターブ近く高い声に表れていた。

桃子の気持ちはわかる。なにせこの町には桃子と同年代の女性は少ない。いたとしても大半は既婚かつ子育て中で、話題がちっともかみ合わないと嘆いていた記憶がある。安曇は十歳年下だが、年齢以上にしっかりしているし、桃子同様それなりに大きな会社を自己都合で辞めたという過去もある。価値観も似ているらしく、桃子としては久しぶりにできた貴重な友人なのだろう。

「ないですよね？　絶対だめですよ！」

「俺だってそんなの嫌だけど、このままだと安曇さんは倒れかねない」

「でも、でも、だって安曇さんは……」

否定語ばかりを連ねて自身を省みず、まったく向上しようとしない人間を『デモデモダッテちゃん』と呼ぶという。桃子はそんな人間から一番遠い性格だったはずなのに、今や彼女はそれ以外の言葉を忘れたように、『でもでもだって』と呟き続ける。いくら繰り返したところで、状況が変わらないとわかっていても、言わずにいられないのだろう。

しばらく呟き続けたあと、桃子は縋《すが》るように美代子を見た。

「美代子さん、前に人が欲しいって言ってませんでした？　もうひとりいれば楽なのに、来てくれる人がいないって……」

その話は章も聞いた覚えがあるが、半分正解で半分不正解だ。案の定、美代子がすまなそうに答えた。

「ごめん、桃ちゃん。人が欲しいのは山々だけど、うちも全然そんな余裕はないわ。もともとなかったのに、この不景気で拍車がかかっちゃった。『みやむら』さんとの取引もなくなるし……」

「そういえば『みやむら』さんも閉めるんでしたね……」

「ほかにも閉めたお店はあるし、閉めるまでいかなくても仕入れが減ってるところが多いのよ。ひとつひとつは少なくても、トータルではかなりの売上減。不安しかないわ」

「どこも厳しいですもんね……」

「なんとかなってるのは『猫柳苑』と『ヒソップ亭』ぐらいじゃない？」

冗談まじりに、あやかりたいわーとまで言われ、章は慌てて否定した。

「うちも『猫柳苑』も、もともと大して客が来てなかったから変わってないように見えるだけです」

「ご謙遜。たとえ大して来てなかったにしても、そのお客さんたちは今もちゃんと来てくれてるんでしょ？」

「それはまあ……」

幸い、昨年から今年にかけては、常連と呼べる客で来なくなった人はわずかだ。年に一度とか半年、あるいは三ヵ月に一度と人それぞれだが、とにかく変わらない頻度で『ヒソップ亭』を訪れる。それどころか、大変な時期だから……とこれまでは夜しか利用しなかった人まで『特製朝御膳』を注文してくれるほどだ。新規の客は減ったものの、なんとか続けられているのは、そんな常連の支えがあってこそだった。

「景気が悪くなると、これまでどんな商売をしてきたかがはっきり表れるわ。『ヒソップ亭』や

『猫柳苑』はちゃんとしてたってことよ。その点うちは……」

「いやいや、女将さんのところは仕方ないですよ。どれだけ仕入れたくても、必要がないものを仕入れるわけにはいきません。ほかの魚屋に鞍替えされたわけじゃないんですから。うちだって仕入れられるものならいくらでも仕入れたい。『魚信』さんほど安心して取引できるところはそうそうない。みんなそう思ってますよ」

「そう言ってもらえると気が休まるわ。休まったところでなにも解決しないけど」

美代子の大きなため息に、返す言葉が見つからない。重い空気を追い払うように、桃子がパチンと指を鳴らした。

「そうだ！　もういっそ、『魚信』は大将が釣った魚だけ売るようにしたらどうですか？　原価ゼロで大儲け間違いなし！」

「あはは、確かにそれはいいかも。でも、うちの旦那もいつもいつも大漁ってわけじゃないし、頼まれた魚を釣り上げられるとも限らないし」

「でも、安曇さんの歓迎会のときはちゃんと『尺メバル』を釣ってくれましたよね？」

「たまたまよ。あんな奇跡、そうそう起こるもんじゃないわ」

「そうだよ。天気や潮の具合にもよるし。それでいて親爺さんは責任感がすごいから、頼まれた魚が釣れるまで帰らん！　とか言い出しかねない」

「悪乗りして、マグロを追いかけ始めたり」

「追いつけるとは思えませんけどね」

「あー目に浮かぶわ。捻《ねじ》り鉢巻きで地団駄踏んでるうちの人が」

「遠吠えが聞こえます。『こんちくしょー!!』って。ってことで、桃ちゃん、その案はなしだ」

「ざーんねーん、いい考えだと思ったのにー！」

大げさに嘆く桃子に、美代子が大笑いしている。

問題はなにひとつ解決しない。それでも得意の冗談でみんなに明るい笑い声を引き出す桃子には、感謝しかなかった。

「私も『ヒソップ亭』の売上が急増する方法がないか考えてみるわ。そしたら仕入れが増えてうちも大助かり、安曇さんも仕事が増えてこの町に引っ越してこられる」

「お願いします！」

章と桃子に揃って深々と頭を下げられ、あんまりあてにしないでね、と断ったあと、美代子は帰っていった。

あれこれ考えても名案はひとつも浮かばない。それでも、なんとかしたいという美代子の気持ちが嬉しかった。


美代子から電話があったのは、彼女が来店してから四日後の昼過ぎのことだった。

来店も珍しいが電話はもっと珍しい。なにごとかと思えば、来店時に話題に上った『みやむら』の主が章に会いたがっているという。しかも、相談したいことがあるとまで……

「相談？　なんだろう……」

店を閉めたあとの機材や器を引き取ってくれないか、とでも言うのだろうか。だが、章は特に『みやむら』の主と親しいわけではない。せいぜい顔を合わせたら挨拶をする程度の仲の人間に、持ちかける話ではないだろう。

美代子が伝えてきたのは、とにかく時間を取ってくれないかという主の言葉だけだったため、仕込みが一段落し『ヒソップ亭』の夜営業が始まる前なら、と返して電話を切った。

こんな電話が来たのだから、二、三日のうちにはやってくるだろうと思っていたが、『みやむら』の主、宮村玄三《げんぞう》が現れたのは、その日の午後四時過ぎのことだった。

「こんにちは。忙しいところ、お邪魔して申し訳ありませんね」

そんな挨拶とともに入ってきた宮村は、白いポロシャツに薄手のカーディガン、下はグレーのスラックスという服装だった。コートを手にしているから、入る前に脱いだのだろう。一目でわかる特徴としては、頭部の大半に毛髪がないことだ。

耳の周りやうなじ近くに短い毛が残っているだけで、口の悪い者ならストレートに『ハゲ』と表現するだろう。だが年齢を考えれば当然だし、料理に携わる者としては料理に毛髪を落とす心配がなくていい。言葉遣いは柔らかいが、鋭い眼光と艶のある頭皮が老舗《しにせ》料亭の主としての威厳《いげん》を増しているような気がした。

「『魚信』の美代子さんに連絡をもらってすぐに来てしまったけど、仕込みは大丈夫ですか？」

「はい。終わってます」

「それはよかった。じゃあ、ちょっとあたしの話を聞いてもらえますか？」

自分で役に立てることだろうか、と不安を覚えつつ、テーブル席に案内する。懇意な相手ならカウンター席に並んで腰掛けるが、老舗料亭の主を前に少々気後れしてしまったのだ。

宮村は章が出した煎茶をゆっくりと味わいながら、店のあちこちに目を走らせている。しばらく無言の時が続き、章は居心地の悪さに耐えかねて口を開いた。

「それであの……」

「ああ、すみません。あんまり旨いから、ついついゆっくり楽しみたくなって。いいお茶を使っているんですね」

「はあ……」

「これはお客さん用ですか？」

「いえ、特にそういうことでは……」

『ヒソップ亭』にはそうたくさんの茶葉が置いてあるわけではない。煎茶、番茶、玄米茶といった種類分けはあるが、客と自分たちが飲むための茶葉を分けたりしないいし、営業時間以外に訪れてくる人間にも同じ茶を出していた。

「うちは、酒は山ほどありますが、お茶はそんなに……」

「ということは、従業員もお客さんもみんなこんなにいいお茶を飲んでるんですね」

「特別高いお茶ってわけじゃありません」

「高いお茶といいお茶は必ずしも同じじゃありません。これは紛れもなくいいお茶ですよ。たぶん、上等の粉茶」

粉茶なら上等でも価格は抑えられる。なおかつ味は極上、ということで、寿司屋などでも粉茶が使われることが多い。『ヒソップ亭』の煎茶も寿司屋同様、上等の粉茶だったが、今までそれを指摘されたことはなかった。

「コストを抑えていいものを使う方法をご存じなんですね。けっこうなことです。これなら相談のし甲斐がありますよ」

「相談というと？」

「実は『ヒソップ亭』さんに仕出し弁当をお願いできないかと思って」

「弁当……ですか？」

「ええ、今まではうちで引き受けてたんですけどね……」

『みやむら』が仕出し弁当をやっていたなんて初耳だ。もしかしたら信一や美代子も知らないかもしれない。

驚いている章に、宮村は委細を説明してくれた。それによると『みやむら』の仕出し弁当というのは、冠婚葬祭や行楽といった行事のための仕出し弁当ではなく、一般の家庭向けの日常的な弁当だそうだ。

「もう始めて二、三年になりますかねえ……。奥さんに先立たれてからなんとかやってきたけれど、年を取っていよいよ台所に立つのが苦になったって嘆くお客さんがいましてね。じゃあ外で食えばいいじゃないですか、うちに来てくださいよ、って言ったんですけど、外に出ること自体が億劫だって。今までは車の運転もしていたけれど、息子や娘に止められて免許を返上したせいで、もっと腰が重くなった。まったくねえ……なんてため息をつかれて、毎日は無理だけど月に一日とか二日とかなら……ってんで引き受けちまったんですよ」

「その評判がよかったってことですね」

「まあねえ……もともとうちを気に入って通ってくださってたお客さんたちですし、同じように外に出るのが大儀になったって人がそこそこいまして」

そんなこんなで、今では一日平均七食から八食の配達があるという。

予期せぬ不景気は現役世代を直撃したけれど、隠居生活者にはそれほどの影響もない。もともと年金や蓄えた資産で暮らしていたのだから、収入が減るという概念がない。むしろ旅行などにお金の使いようがない状況に陥った分、食事を充実させたくなったのではないか、と宮村は考え考え語った。

「もともと外出が面倒だったのに、余計な病気を拾いかねないとなったら、外食だって二の足、三の足。頼むから弁当にして届けてくれ、ってお客さんが増えちゃったんですよ。あたしも年寄りだから気持ちはわかるってんで、引き受けざるを得なくなりました」

「そうですか……。なんだか羨ましくなる話ですね」

こんな話は『みやむら』の常連だからこそ起きうるのではないか。もともと収入がなかったのだから、不景気でも減りようがないと言われればそのとおりかもしれない。けれど、寿命は誰にもわからない。自分があと何年生きるのかわからないのに、そんなお金の使い方ができるのは、蓄えに余裕がある証拠だろう。

「金って、あるところにはあるんですね……」

うっかり漏らしたひとり言に、宮村は苦笑した。

「まあそうですね。でも、そうやって持ってる人が使ってくれないと、世の中もっと大変なことになっちまいますからね。食い物屋の儲けだけじゃなくて、弁当をひとつ作るために仕入れなきゃならないものはたくさんあります。肉屋も魚屋も八百屋も豆腐屋も、ちょっとでも売上が欲しいときですから……」

「なるほど……」

美代子も言っていたが、飲食店の売上減は、食材を納めている店にも大きな影響を及ぼす。外食、あるいは買ったものを家で食べるという中食《なかしょく》をしない限り、家で料理をすることになる。まったく食材が売れないということもないだろうが、一般家庭の大半はスーパーを利用することが多い。売上を飲食店の仕入れに頼っていた個人の肉屋や魚屋にしてみれば、少しでも飲食店の売上が増えてほしいに決まっている。

「金は天下の回りものってこういうことなんじゃないですかね。そんなわけで、仕出し弁当を引き受けていただきたいんです」

従業員たちの落ち着き先もなんとか見つけたものの、仕出し弁当の問題だけが残ってしまった。これまで利用してくれた人たちは、やむを得ないことだから……と言ってくれたが、やはり気にせずにいられない。なにか方法はないか、と思っていたとき、美代子から『ヒソップ亭』の話を聞いたそうだ。

「美代子さんが言ってました。腕はいいし、人柄も間違いない。業務拡大を狙って若い料理人を入れたところにこの不景気、なんとか立ち行くようにしてやりたいけど、いい案が浮かばないって」

「女将さんがそんなことを……」

「立ち行くようにっていうか、共存共栄って感じでしたけどね。まあそれはどっちでもいいことです。あたしとしては、そこまで美代子さんが肩入れしたくなるような店なら、うちのお客さんを任せられるんじゃないかって」

一日一日は大した売上ではないかもしれないが、安定収入にはつながる。新しい料理人の給料の一部にできるかもしれない。ぜひ前向きに考えてほしい、というのが宮村の相談だった。

「ありがたい話ではありますが、お客さんはそれで大丈夫なんでしょうか？」

老舗料亭として名高い『みやむら』の味に慣れた客たちが、章の料理で納得してくれるのか。『みやむら』の足下にも及ばない、とそっぽを向かれるのではないか、と章は不安だった。

ところが宮村はそんな心配は無用だという。

「ご謙遜。『ヒソップ亭』の評判は上々。うちのお客さんにも『ヒソップ亭』の料理を食べたことがあるって人が少なくない。弁当を届けてる人の半分ぐらいは、『ヒソップ亭』のことは知ってましたよ」

弁当の利用者に訊ねてみたところ、もう無理だと思っていた仕出し弁当が続くかもしれない、『ヒソップ亭』なら万々歳だと喜んでくれたそうだ。

「あたしが、まだ相談もしていないし、話したところで断られるかもしれない、って言っても、とにかく話だけでも、って発破をかけられて参上した次第です」

「そうだったんですか……」

「老舗だのなんだの祭り上げられていても所詮は料理屋、あたし自身は、うちで働いてくれてた人間は別にして、どこかで飯を食おうと思ったときの選択肢のひとつが減るぐらいのことだと考えてたんです。だからこそ、暖簾を下ろすも下ろさないもあたし次第、従業員の落ち着き先さえ見つけてやれば支障ないだろうって……。でも、お客さんたちに『大将がそう言うなら仕方ないよ』って言われて初めて気がつきました。これまでうちの弁当を使ってくれてた人からすれば、大問題だって」

たとえ週に一度とか月に一度であっても、『みやむら』の仕出し弁当を楽しみにしてくれている。様々な事情で出かけづらくなっている人たちにとって、玄関先まで届けてくれる上に美味しい弁当は、かけがえのないものらしい。ほかにも出前をやっている店はあるにしても、『みやむら』ほど贅沢感を醸してくれるものはない、と利用者は口を揃えてくれたそうだ。

その話を聞いて、俄然弁当の中身が気になった。いったいどんな弁当を、どんな値段で出していたのだろう。もしかしたら『みやむら』の仕出し弁当は、長く『みやむら』に通ってくれた常連へのサービスの一環だったのではないか。だとしたら、同じようなものを同じような値段で出すことができるのだろうか。

蓋を開けてみたら段違いで、かえって『ヒソップ亭』の評判を落とすのではないか。そこで章は、単刀直入に訊いてみることにした。

「不躾なことをお訊ねしますが、これまではどんな弁当をいくらで出していらっしゃったんですか？」

「いい質問ですねえ……」

宮村は、なぜか二度三度と頷いている。

ボランティアじゃないのだから、価格と内容を確かめるのは当たり前ではないか。なにがそんなに嬉しいのだ、と思っていると、宮村はひどく優しい目で言った。

「いくらでどんな弁当を、じゃなくて、どんな弁当をいくらで、って訊き方がいいんですよ。金勘定より弁当の中身が先って感じがね。そりゃあ店をやってるんだから損得を考えるのは当然ですけど、それより先に料理が気になるってのが嬉しいじゃないですか」

あくまでも物腰は柔らかく、好々爺を絵に描いたような笑みを浮かべながら、宮村はこれまで作った仕出し弁当の写真を見せてくれた。写真とは言っても印画紙ではなくコピー用紙で、おそらくパソコンのデータを印刷しただけだろう。

いずれにしても、わざわざ写真を持ってきてくれるなんてありがたい。なにより、こうやって写真に残しているのはすごい。しかも写真に入っている日付を見る限り、ほぼ毎日画像を残しているようだった。

「すごいですね……毎日写真を撮っていらっしゃるんですか？」

「ええ、あたしじゃなくてうちの若いのがね。盛りつけとか、料理の組み合わせの参考にしたいからって、せっせと撮ってました。最初は、そんな暇があったらさっさと届けに行けって思ってたんですが、なかなかどうして重宝でして」

「確かに、こうやって見せていただくこともできますからね。百聞は一見にしかず」

「そうそう。でも、なによりいいのは同じ料理を続けて出さずに済むってことです」

「というと？」

「年は取りたくないものです」

そんな前置きをして、宮村は写真の利用法を話してくれた。

「昨日や一昨日作った弁当の中身なら覚えていられます。でも三日、四日となるともうだめ。十日も経ったらお手上げです。でも写真があれば確かめられる。若いのが細かく記録してくれてるから、その弁当をどのお客さんに届けたかまでわかるんです」

日常的に利用してくれる客は言うまでもなく、週に一度とか、月に一度の楽しみで頼んでくれる客にとって、前と同じ料理が入っているなんて興ざめでしかない。写真と利用者の記録は、それを防ぐためにとてもいい手段なのだ、と宮村は語った。

「それはいい方法ですね。俺も見習わせてもらいます」

仕出し弁当の話を引き受けなかったとしても、どの客がどの日になにを食べたかの記録は役に立つ。たいていの客なら前に来たときのことぐらいは覚えているが、章だっていつまでも若くはない。いつか記憶があやふやになる日がやってくるだろう。

「『ヒソップ亭』さんはまだまだ若いから、って言いたいところですが、備えあれば憂いなしでしょう」

「そのとおりです。で……」

そこで章は、宮村が持ってきてくれた写真を見ながら、素材や調理法について質問を重ねた。途中で、そろそろうるさがられるのではないかと心配になったけれど、宮村はひとつひとつ丁寧に答え、最後に弁当の値段を教えてくれた。それは、一般的な仕出し弁当よりは少々、いやかなり高い、だが老舗料亭『みやむら』に相応しい価格だった。

「この値段で日常的に利用できるって、やっぱりすごいですね……」

素材や調理法の説明を聞いた時点である程度覚悟していた。だが、実際の値段を聞いてさらに店の格の違いを見せつけられたようで、章はしょんぼりしてしまった。

「俺の手には余りそうです……」

ところが、宮村は肩を落とした章を笑い飛ばした。

「なにを言うやら……。『ヒソップ亭』さんの『特製朝御膳』はおいくらでした？　確か二千円、ただで朝ご飯が食べられる『猫柳苑』の中にあるにしては強気なお値段ですよ」

にやにや笑いのまま指摘され、章は慌てて言い返した。

「いやいや、うちは旅行客相手ですし、旅の途中ってつい財布のひもが緩みがちですし……」

「旅行客だけとは限らないでしょう？　地元の人だってけっこう利用してるそうじゃないですか」

「それは……」

宮村の言うとおり、『特製朝御膳』の利用者は宿泊客だけではない。『みやむら』の仕出し弁当ではないが、月に一度の贅沢なんて言いながら予約してくれる地元の客もいる。だが、数にしてみれば微々たるものだった。

「そういうお客が十人、いや十五人ぐらいはいると思います。でも、せいぜい月に一度とか二度、毎日来てくれてるわけじゃありません」

「そんなことは関係ありません。大事なのは『ヒソップ亭』は二千円払ってもいいと思う朝ご飯を出してらっしゃるし、旅行者だけじゃなくて住民の中にも利用する人間がいるってことです。客層なんて気にする必要ありませんよ」

「いやいやいやいや！」

むきになって否定を繰り返す章に、宮村は平然と返した。

「じゃあ、言い方を変えましょうか。たとえば『特製朝御膳』を千円で出すとしたら、お客さんは増えますか？　あ、もちろん千円に相応しいもの、赤字が出ない内容でって前提です」

「それはもう『特製』でもなんでもない、ただの『朝御膳』いや『朝定食』です。宿泊客はもちろん、地元の人も食べに来てくれるかどうか……」

「でしょう？　それが答えです。少なくとも『ヒソップ亭』の『特製朝御膳』を食べる客層は、うちと似たり寄ったり。だからこそ、仕出し弁当のお客さんを引き受けてもらいたいと思ったんです。それにね……」

続いて宮村が話してくれたのは、章の自尊心を大いに満足させてくれる内容だった。

宮村曰く、現在『みやむら』の仕出し弁当を利用している客の中には一定数、『ヒソップ亭』の『特製朝御膳』を愛好している、あるいはかつて愛好していた客が含まれている、とのこと。さらに彼は、一部の名前まで挙げてくれた。

「お客さんの情報を漏らすのはよくないんだけど、内緒ってことで……」

しっかり前置きをして教えてくれたのは、紛れもなく『ヒソップ亭』の常連、それも朝のみならず夜もちょくちょく顔を出してくれる客の名前だった。

「ほかにも何人かいる。あたしが弁当を届けてる人の半分ぐらいは、『ヒソップ亭』のことは知ってる、って言ったのはそういう意味なんですよ」

そして宮村は、客はもちろん自分が安心して引退するためにも、どうか仕出し弁当を引き継いでくれないか、と再び頭を下げた。

「ちょっと……考えさせてください」

「もちろんですよ」

そんな返事をしながらも、宮村の顔には「できれば急いでほしい」と書いてある。

店を閉めるにあたって、仕出し弁当の利用者の不安をなくしたいという気持ちは重々わかるし、引き受けることによって売上が増えることも間違いない。それでも、いったん話を預かって『みやむら』の名を汚すことなく後釜を引き受けられるのかしっかり検討したい。こんなご時世だからこそ、石橋を叩いて渡らねば、と思う章だった。

その夜、『ヒソップ亭』の営業を終えた章は、テーブル席に陣取った。

宮村の説明と置いていってくれた写真、ここしばらくの仕入れ明細などを参考に原価を計算する。『みやむら』と同等の仕出し弁当を作るためにいくらかかるか、それによって得られる利益はどれほどかを把握する必要がある。いくら章が経営者である前に料理人でありたいと思っていたとしても、老舗料亭の主に技量を認められたと舞い上がり、売上は増えたけれど実は赤字でした、なんて羽目には陥りたくなかった。

たとえば椎茸の煮物であれば大きさや厚みに目を凝らし、大体の仕入れ値を割り出す。魚や肉であれば、どういった種類のどんな部位を使っているか確かめる。ハランや菊といった飾り物はもちろん、使い捨ての弁当箱も忘れず計算する。弁当箱は、かつて『猫柳苑』が夕食を提供していたころに使っていたものがあるにはあったが、衛生面を考えれば使い捨て容器にすべきと判断した。

しばらく数字と格闘したあと、章はふう……と息を吐いた。

これまでの『みやむら』と同じ値段で出すのであれば、食材の心配はない。普段から『ヒソップ亭』で仕入れているものと大差なく、利益も確保できそうだ。手間暇についても考えてみたが、仕出し弁当は昼ではなく、夕食としての利用が多いそうなので、夜営業のための仕込みを早めに済ませて作ればいいし、『ヒソップ亭』で出す料理の流用だって可能だ。日替わりのおすすめ料理を取り入れれば、重複を避けることもできるだろう。

章の休憩時間が減ることは間違いない。それでも儲けは増えるし、いずれは安曇の勤務時間を増やすことができて章の負担も減る。軌道に乗るまでの辛抱だ、ということで『みやむら』の仕出し弁当を引き継ぐことを決め、章は『猫柳苑』の事務室に向かった。

勝哉たちにわざわざ断る必要はないのだが、『ヒソップ亭』についての問い合わせが『猫柳苑』に入ることも多い。同じ建物内にあるから、経営も同じだと思われているのかもしれない。問い合わせが入ったときのために、仕出し弁当についての概要は知らせておくべきだろう。

「仕出し弁当！　それはいいわね。しかも『みやむら』の跡取りなんてすごいじゃない！」

話を聞いた雛子は、手放しに喜んでくれた。それほどこの町における『みやむら』の地位は高く、仕出し弁当だけとはいえ後継者に指名されたのは名誉なことだと思ってくれたに違いない。

「これまでの章君の頑張りが証明されたのよ！　よかったよかった！」

これは祝杯を上げなければ、と雛子はまたしても『呑み会』の算段を始めようとする。この前の『歓迎会』がよほど楽しかったのだろう。

一方勝哉は、雛子とは少々違う反応を示した。

「めでたいことには違いないが……それ、誰が配達するんだ？」

「配達……？」

「相変わらず抜けてるな！　店に来られない客が相手なんだから、届けなきゃならんに決まってるだろ！」

そもそも仕出し弁当は客の元に届けるのが前提だ。『ヒソップ亭』は『みやむら』のように従業員がたくさんいるわけではない。桃子は『猫柳苑』と掛け持ちだから配達に行っている暇はないし、安曇に早出してもらうのもいかがなものか。そもそも桃子は日ごろから車を運転しているが、安曇が車を持っているという話は聞かない。運転免許を持っていたとしても、ペーパードライバーの確率は高い、と勝哉は渋い顔で言った。

「安曇さんは……無理だと思うわ。桃ちゃんに聞いたけど、ちょっとでも休みたいからって電車を一本遅らせてるんでしょ？　そんな状態で慣れない運転なんて危ないわ」

「だよな。ましてや安曇さんはこの町に詳しいわけじゃない。せいぜい駅と海辺とここを行ったり来たりするぐらいだ。弁当の配達は個人の家がほとんどだろうから見つけにくいし、道も細いところが多い。事故なんてことになったら目も当てられないぞ」

「……俺が行くしかないいな」

「そんなことやってたら、休む時間がますます減るじゃないか！　あれほど身体のことを考えろって言ってるのに！」

勝哉の声がどんどん大きくなっていく。それほど心配してくれるのかと感動してしまうが、桃子もだめ、安曇もだめとなったら章が行くほかない。

「七、八個の注文とは言っても、一軒で二個頼む客もいるみたいだから実質は三、四軒ってとこだろ。それぐらいならなんとかなるよ」

「……まったく！　どれだけ自分を過信してるんだ。もういい、その配達、俺が行ってやる！」

「はあ!?　『猫柳苑』の支配人が『ヒソップ亭』の使いっ走りをするのかよ！」

「俺のほうがおまえより運転はうまいし、道だって知ってる」

「俺だって道ぐらいわかってる」

「俺はこの町を離れたことなんてない。二十年もいなかったおまえとは段違いなんだよ！

住所を聞いただけで、どうかすると姓名を聞いただけで、地図なんてなくても配達に行ける。一軒ならまだしも三軒、四軒となったら、かかる時間は比べようがない、と勝哉は言い切った。

「いや、それはそうかもしれないけど、おまえだって仕事がある。それを放り出して弁当の配達なんて頼めない」

「誰がただでやるって言ってるんだよ！」

「え……お金を取るつもりなの!?」

そこで素っ頓狂な声を上げたのは雛子だった。さらに非難たっぷりの声で言う。

「さすがにそれはないでしょ。どれだけ儲けたいのよ！」

「そうでもしなけりゃ、こいつは絶対譲らないぞ。それぐらいだったら配達だけうちで請け負ったほうがずっといい」

「うちは配達業者じゃないの！　それに、配達料なんて払ってたら、結局章君が赤字になっちゃう。安曇さんに来てもらう時間だって増やせない。そんなの本末転倒よ」

「だーかーらー！　どんだけぼったくるつもりだと思ってるんだ！　金勘定は俺の本業だ。赤字にならないように考えるに決まってるだろ」

「その間、勝哉さんの仕事はどうするの？　お金をもらえばいいって話じゃないでしょ！」

「三、四軒なら一時間もかからない。なんとでもなる」

「数が増えたら？　今は三、四軒でも評判がよければ頼む人だって増えるし、そうなるように章君は頑張るに決まってるでしょ」

「そんときはそんときだよ！　大体おまえは……」

「やめてくれよ……」

章が呟いた言葉に、勝哉と雛子が気まずそうに黙った。

幼なじみ夫婦に自分のことで喧嘩を始められるのは、仕出し弁当が赤字になるよりも辛い。それ以上に章は、争いごと自体が苦手だった。

「喧嘩なんてしないでくれ。確かに配達のことを考えなかったのは間抜けすぎだ。宮村さんへの返事は少しは待ってもらえるはずだから、もうちょっと考えてみるよ」

儲けにつながる話には違いないのだから、前向きに進めたい。方法を探ってみる、と言い残し、章は事務室をあとにした。


古いアパートのドアは重く、うっかりするとギギーッという音をそこら中に響かせる。深夜に迷惑きわまりないため、章は細心の注意を払ってドアを開け閉めする。

毎度のことながら、自分の部屋なのに泥棒みたいだと苦笑しつつ入った部屋には冷たい空気が満ちていた。

「さみいなあ……」

とりあえず手を洗い、薬缶《やかん》に水を汲んでストーブに載せる。最近の賃貸アパートは石油ストーブや石油ファンヒーターといった灯油式暖房器具の使用を禁止するところが多いけれど、幸い章の部屋は許可されている。

ストーブはエアコンやヒーターと違って炎が見えるため、目からも暖かさが感じられる。湯も沸かせるし、簡単な煮炊きもできるストーブは、章にとってありがたい暖房器具だった。

夜はもうしっかり更けている。すぐに寝たほうがいいのはわかっているが、仕出し弁当のことが気になってならない。無意識に力を入れっ放しにしていたのか、肩の張りも覚える。軽く酒でも引っかければ緊張もほぐれてよく眠れるだろう、ということで、章は冷蔵庫を開けた。

記憶に間違いがなければ、貰い物の酒が入っていたはずだ。

「あった、あった……」

にんまりしながらカップ酒を取り出す。

ラベルにあるのは『〆張鶴《しめはりつる》』という青い文字。酒処で有名な新潟で造られている酒で、淡麗辛口、すっきりしていていくらでも呑めてしまうからあえてカップ酒を買うと言う人もいるとかいないとか……。常温で置いても品質が変わることのない安心の酒だが、冬でも冷たい酒を好む章はあえて冷蔵庫で保存しているのだ。

空酒なんて論外、と乾物置き場からオイルサーディンを拉致。迷わず缶を開けストーブの上に置こうとしたところで、はたと手を止める。そういえば、最近の缶詰は内側のコーティングが溶け出して有害とかで、直火に載せないでくれ、とメーカーが注意していた。世の中、便利になっているのか不便になっているのか判断しづらいな……とため息をつきつつ、小鍋に移す。無事、ストーブに載せたあと冷蔵庫のところに引き返し、マヨネーズと醤油、ついでに箸と小皿も持ってきた。

ストーブの前にあぐらをかいた章は、まずはカップ酒をぐびり……。胃の腑に落ちていく柔らかい酒に呻《うめ》き声を上げたあと、オイルサーディンの油に細かい泡が立ち始めるのを今か今かと待ち受ける。そうこうしているうちに、胃のあたりがほかほかしてきた。

冷たい酒を呑んでいるのに腹の底から温まるのは不思議すぎる、などと思っている間に、火力最強の反射式ストーブはオイルサーディンの加熱を終了した。

「では、では……」

温めただけの缶詰なんて、これが老舗旅館の食事処の主かよ、と自嘲しつつも、オイルサーディンを皿に取り、マヨネーズと醤油をたっぷりかける。マヨネーズと醤油がしっかりまざりきっていない、どちらもが譲らんぞーとばかりに味を主張する感じが堪らない。とろけた皮、微かに歯に触る骨までが愛《いと》しいと感じるほど、章はオイルサーディンが好きだった。

温かいイワシと冷たい酒、至福のひとときはあっという間に終わりを告げる。もうちょっと呑みたいところだが、明日も早くから仕事なのだから、さっさと寝るほうがいい。

とはいえ、酒とイワシで中途半端に刺激された胃袋がなんだか文句を言っている。やむなく章は、また冷蔵庫の扉を開けた。

「飯はないし、パンは一枚しか残ってねえから朝飯用だな。あれ、こんなところに餅が……ってか、これいつの餅だよ」

いつもくそもない。餅なんて正月しか買わないのだから、残っているのはほぼ一年前のものに決まっている。昔と違って個別包装になっていて簡単にカビが生えたりしないため、まあいいか……と思っているうちにどんどん日が経ち、気づけば次の正月が近づいている。店ではあれほど食材管理に余念がないのに、なんというだらしなさだと呆れてしまう。

夜中に食べるには向かない食材だが、このままでは去年の餅とともに年を越すことになってしまう。幸い残っていたのはひとつだけだったので、章は餅を片付けることにした。

アルミホイルを餅よりかなり大きく切り取る。ストーブの芯の真上では中まで火が通る前に焦げてしまうし、なにより薬缶が居座っている。いったん丸めてストーブの一番端っこに広げ直し、パックから出した餅を載せた。ちなみにアルミホイルを丸めるのは、くしゃくしゃにすることで餅との密着度を下げ、焦げにくくするためだ。

ストーブの前に陣取り、大理石みたいな餅をこまめにひっくり返す。餅は貧乏人に魚は殿様に焼かせろ、という言葉があるそうだが、確かに餅は俺にうってつけだ、などと考えているうちに、餅が膨らみ始めた。杵《きね》つきの上等な餅ではないため、風船みたいになるわけではないが、微かに膨らみつつキツネ色に焦げていく様は見ていて楽しい。なにより日本人にとって、餅が焦げる匂いほど食欲を刺激するものはないのではないか。

——餅っていうより米が焦げる匂いかもな……煎餅《せんべい》が焼ける匂いだって相当だし。

そんなことを思いつつ、お椀に粉末の出汁の素をぱらぱら、白だしも少し入れる。それでは出汁プラス出汁ではないか。料理人のくせになにをやっているんだ、と叱られそうだが、誰も見ている人はいない。そもそも料理人云々《うんぬん》なんて言い出したら、出汁の素や白だしを使うこと自体に眉を顰められかねない。

ここは職場じゃない。出汁の素上等、なんならお茶漬けの素でもいいぐらいだ、と開き直り、薬缶からドボドボと湯を注ぐ。焼き上がった餅を沈め、味つけ海苔をちぎって入れれば、簡単雑煮の出来上がりだった。

「ネギか三つ葉があればきれいなんだがなあ……」

こんな手抜きの雑煮が完璧になるわけがない。それでも彩りがあれば見栄えだけでもよくなる。こういうところはやっぱり料理人だよな、と苦笑しつつ、章は雑煮を食べ始めた。

白だしは章には少々甘みが強すぎる。それでも、粉末の出汁の素の塩気を加えればちょうどよくなる。海苔も焼き海苔を使うべきかもしれないが、味つけ海苔だってないよりマシだ。手っ取り早く小腹を満たせ、なおかつ身体の底から温まる簡単雑煮は寒い日にぴったりの夜食だった。

餅を齧《かじ》り、海苔が溶け出した汁を含みながら、また仕出し弁当について考える。

引き受けるか否かの答えはすでに出ている。

『ヒソップ亭』の今後、きれいに店じまいしたいという宮村に応えたいという気持ちに加えて、日ごろから世話になっている『魚信』に報いたい思いがある。

美代子は『みやむら』が閉店すると聞いて大きなため息をついていた。一日数個にしても月単位にすれば馬鹿にならない量だ。章が仕出し弁当を引き継げば、その分だけでも仕入れが増える。

これまで『みやむら』が仕入れていた量には到底及ばないにしても、少しは助かるだろう。

どう考えても引き受けたほうがいい、引き受けるべき話だ。問題は配達、どうすれば章の負担を最小限に抑え、勝哉夫婦を納得させられるかだった。

やはり勝哉に配達を任せようか——そんな考えが頭を過ぎる。だが、実際問題勝哉だって忙しい。いくら夕食も出さず、部屋に入ったあとはお邪魔しません、ご自由にお過ごしください、が売りの宿だったとしても、配達に望ましい夕刻はチェックインする客が多いし、事務仕事だってたくさんあるだろう。雛子が全力で止めにかかるのは当たり前だった。

かといって、本格的に宅配業者に任せるとなると利益の確保が難しい。それはそれで勝哉は反対するに違いないし、時間的な自由が利きづらい気がする。やはり出来上がった弁当は、できるだけ早く客の元に届けたかった。

結局妙案は浮かばないまま、これ以上は明日の仕事に支障が出ると判断し、章は床についた。

晴れない章の気持ちと裏腹に、翌日は雲ひとつない青空が広がった。

歩き回ればいい考えが浮かぶかもしれないという淡い期待のもと、散歩に出かけた章に声をかけてきたのは美代子だった。

習慣というのは恐ろしい。考え事をしながら歩いているうちに、『魚信』まで来ていたようだ。

「大将、聞いたわよ！　『みやむら』のお弁当を引き継ぐんですってね！」

美代子は、これ以上にないというほどの笑顔だ。おそらく宮村から成り行きを聞いて、『考えさせてほしい』を『引き受ける』に勝手に変換したのだろう。

「まだ検討中ですよ」

薄い笑みとともに答えた章に、美代子は意外そのものの表情になった。

「どうして？　言っちゃあなんだけど、あの『みやむら』さんに跡取りを頼まれたのよ？　腕を認められたってことじゃない。断る理由なんてないでしょ」

「俺もそう思います。すごく嬉しいし、名誉なことだとまで……でも、勝哉が反対してて」

「どこに問題があるんだ？　勝ちゃんが反対するからには、それなりの理由があるんだろ」

「配達する人間がいないんです。自分でやるって言ったら、それじゃあ休憩時間が減る、それぐらいなら俺が配達してやるって……。そしたら今度は雛ちゃんが、その間の仕事はどうするんだって言い出して、最後は夫婦喧嘩みたいに……」

「あー……それは辛い。あのおしどり夫婦に自分のことで喧嘩なんておっ始められたら、いたたまれないよなあ……」

「そう、そうなんです！」

再び、さすが師匠！　と言いたくなった。だが、それより早く信一は配達問題を検討し始めた。

「配達か……具体的には何時ごろ届ける予定なんだ？」

「宮村さんに聞いたんですが、今までは夕方の四時から五時の間ぐらいだったそうです」

「ふーん……けっこう早いんだな」

「相手が年寄りだからって言ってました」

「なるほど、年寄りは朝も早いし夜も早い。五時に飯を食って七時か八時には寝ちまうって人もいるのかもな」

「みたいです。その時間帯なら、ぎりぎり夜の営業前だから俺が配達に行っても支障はないと思ったんですよ。でも、とにかく勝哉たちは身体のことばっかり……」

「大将は朝六時から夜中までずっと『ヒソップ亭』にいるらしいじゃないか。超過勤務もいいところだ。おまえは店主だから問題にはならないのかもしれないが、従業員だったら労働基準監督署とやらがすっ飛んでくるぞ」

「間でちゃんと休んでますよ」

朝食を終えたあと仕込みを始め、昼過ぎには手が空く。そのあとは夜の営業まで時間が空くので食事もするし、日によっては昼寝もする。こうやって散歩までするのだから、休憩が足りていないとは思えない。むしろ、なぜそんなに休め休めと言われるのか不思議になるほどだった。

「俺、別にどこも痛くないし、健康診断の結果だって悪くないんですよ。それなのに……」

「勝ちゃん夫婦、特に雛ちゃんは商売人の子だから、働きづめで身体を壊した人間をたくさん知ってる。親父さんやおふくろさんを早々と引退させたのもそのせいなんじゃないかな」

もともと高齢化が進んでいる上に、自営業には定年という概念がない。六十代七十代は当たり前、どうかすると八十を超えても現役で頑張っている経営者もいるほどだ。そんな中で、六十代前半で娘夫婦に暖簾を譲った雛子の両親は珍しい存在だろう。

雛子の母親はもともとあまり身体が丈夫ではなく、父親はなるべく早く引退できるように準備に余念がなかった。早々に勝哉に狙いを定め、後継者教育をしっかり施したのはその一環だと聞いている。夫を助けようと朝から晩まで働きづめだった母の姿に、雛子は不安を覚えていただろう。おまけに『猫柳苑』の料理長だった桃子の父親は、引退して一年も経たないうちに他界した。

過労状態に敏感になるのも無理はない、と信一は言うのだ。

「雛ちゃんも桃ちゃんも、働きすぎがどれほどよくないことかわかってる。働いている本人は大丈夫だと思ってるし、やむにやまれぬ事情があってのことだろう。だからこそ、周りが口を酸っぱくして気をつけるように言う必要があるって思ってるのさ」

「そういうことですか……」

「言うのはただ。手遅れになるぐらいなら、うるさがられても言い続けたほうがマシ。もちろん勝ちゃんも洗脳」

「洗脳って……」

「言葉は悪いが洗脳だよ。ただ、ちょいと中途半端だから時々変なことになる。こいつを休ませるには俺が働きゃいい、なんてな。そりゃあ雛ちゃんも吠えるわ」

洗脳とか、吠えるとか物騒な言葉が続く。それでも意外に本質をとらえているようで、章は納得してしまう。雛子も桃子も自分については棚に上げているが、だからこそお互いに注意し合うことが大事だと言いたいのだろう。

「確かに俺も安曇さんのことを気にかけてた。でも、自分となるとこれぐらいはいい、まだいける、なんて思っちまって……。洗脳の必要ありって思われるのも無理ないかもしれません」

「ま、気にしてもらえるうちが華だ。せいぜい気持ちを汲んでやれよ」

「そうします。でも実際問題、仕出し弁当はなんとかやらせてもらいたいんです」

「そりゃそうだ。こいつだって、なんとかみんながいいほうに行くように知恵を絞ったんだからな。それはさておき弁当の件だが、誰が注文してたか訊いていいか？」

プライバシー保護にうるさいご時世だから、支障があるようなら別に……と断られたが、信一はそんな情報を悪用する人間ではない。なにか考えがあってのことに違いないと判断し、章は定期的に弁当を注文している人間の名前を挙げていった。

「なるほど、確かに出歩くのはきつそう、もしくは『安全重視』って顔に書いてあるような年寄りばっかりだな。おまけにそこそこ金を持ってやがる」

「そうなんですか……っていうか、みんな知ってるんですか？」

「何年この町で商いしてると思ってるんだ。若いのならともかく、年寄り連中は大概知ってるよ。うちにも親戚の寄り合いがあるたびに刺身の盛り合わせを頼んで来たり、正月用にって極上のいくらや数の子を特注してきたり。だからこそ『みやむら』なんてところに弁当を頼めるんだろうけどな」

一食数百円で頼めるケータリング弁当がある。週に何度かしか利用しなくても一ヵ月まとめると馬鹿にならない金額になるというのに、何千円もする仕出し弁当を日常的に利用するなんて考えられない、と信一は少し羨ましそうに言った。

「ぶっちゃけ、金に困ってる連中じゃない。いっそのこと、正面切って訊いてみたらどうだ？」

「訊くって……なにを？」

「配達料を上乗せしていいか、ってさ」

「配達料云々の話じゃなくて、配達に行く人間がいないんですよ！」

「プロに頼めよ」

「だーかーらー！　配送業者の集配ってそんなに厳密に時間を守ってくれないでしょうに！」

そもそも配送業者は集荷したものをそのまま配達に行ったりしない。それに冷凍もしていない弁当の配達なんて請け負ってくれないはずだ。

そんな章の熱弁に、返ってきたのは呆れきった信一の眼差しだった。

「完全に時代に乗り遅れてるな」

「は？」

「でっかいバッグを背負って、そこら中を走り回ってる連中が目に入ってないのか？」

「でっかいバッグ……あ、自転車とかバイクで!?」

「そうそう。配送の中でも食い物専門。客から注文を受けた店が出前だけを外注するシステム。ああいうのに乗っかっちまえばいいんじゃねえの？」

「あれって登録料とか手続きとか、面倒くさいことないんですか？」

「ああ、そういうのもあるか……。大将、手続きとか苦手そうだもんな。手間暇取られるとなると、また周りがぎゃいのぎゃいの言い出すか……」

「ぎゃいのぎゃいのって……」

苦笑する章と裏腹に、信一は額に皺を寄せて考え込んでいる。そこまで真剣に考えてくれるのか、と頭が下がる思いだった。

「なんかうまくいく方法はねえもんかな……」

信一は相変わらずうんうん唸っている。見かねたように美代子が言った。

「ああいう配送システムが使えれば便利だろうけど、いろいろ問題もあるって聞くし、やっぱり別な方法を考えたほうがいいかもね。でも配達料を取るっていうのは悪い考えじゃないと思うわ。手続きは面倒かもしれないけど、経費があれば配達をよそに任せることもできるはずよ」

「だよなあ……とりあえず宮村さんに打診してもいいな。おまえが言ってやれよ。言い出しっぺなんだからさ」

信一に言われ、美代子は素直に頷いた。

「そうね。大将じゃ言い出せそうにないしね。じゃあ、早速行ってくるわ。お店をお願いね！」

言うが早いか美代子は店の脇に置いてあった自転車に跨《また》がり、颯爽と走り去った。止める間もなくというのはこのことだった。

「おい、なにも今すぐじゃなくても……」

信一がこの時間帯に店に出ていることは珍しい。朝一番で仕入れに行く信一にとって、客の少ない昼下がりは貴重な休憩時間になっている。店番を押しつけられては堪ったものではないのだろう。

「すみません、親爺さん」

おろおろしながら謝る章に、信一は苦笑しながら応えた。

「気にするな。あいつに振った俺が悪い。こういうのを先延ばしにできない性格だってわかってそうなものなのに」

「せっかくの休み時間が……」

「心配しなくても、あっという間に帰ってくるさ。でもまあ、ふたりして待ってることもないから、大将は戻りな。あとで連絡するよ」

「本当に申し訳……」

「いいってことよ。さ、帰った帰った！」

かくして信一は、追い払われるように『魚信』をあとにすることになった。

美代子から連絡があったのは、『ヒソップ亭』の夜の営業が始まる直前のことだった。

「全然オッケーですって。むしろ、そこまで考えなくて申し訳なかったって謝ってたわ」

「お客さんの了解は取れたんでしょうか？」

「さあ……？　でもなんとか継続してくれないかって言ってきたのはお客さんのほうなんでしょ？　請け負う店が変わるんだし、多少の値上げは仕方ないわよ。しかも配達料だってはっきり言ってるんだから、気に入らないなら使わなきゃいいのよ」

「それじゃあ困るんですよ……」

どうせやるなら儲けは多いほうがいい。ボランティア精神だけで引き受けるほど、『ヒソップ亭』に余裕はなかった。

「ごめん。そりゃそうよね。それに料金を取ることにしたとしても、実際に配達に行ってくれる人がいなけりゃ意味がなかったわ」

「そうなんです。でも、宮村さんに料金を上乗せしてもいいって言ってもらえただけでもありがたいです。もうちょっと考えてみます」

「そうして。あ、桃ちゃんとか安曇さんにも相談するといいわ。あのふたりは若いから、私たちには考えつかないようなアイデアを出してくれるかも」

――『私たち』って、やっぱり俺も入ってるんだろうなあ……

安曇とは比べるべくもないが、桃子とは六歳しか離れていない。信一や美代子よりも桃子のほうに年が近いのだ。それなのに『私たち』とひとまとめにされるなんて……とがっかりしてしまう。おそらくそれほど自分の考え方は保守的というか、頭が固いのだろう。

もうちょっと柔軟にならないと、と自分に言い聞かせ、章は電話を切った。すぐさま桃子が声をかけてくる。

「どうしたんですか？　なんだか面白くなさそうな顔をしてますよ」

「ああ、実はさ……」

そこで章は、仕出し弁当にまつわる経緯を説明した。それを聞いた桃子が出したのは、ものすごくシンプルな意見だった。

「宮村さんに頼んで、仕出し弁当の注文をまとめてもらいましょう」

作り手が『みやむら』から『ヒソップ亭』に変わること、配達料が上乗せになることをしっかり告知して、一ヵ月分の注文を確定してもらう。あくまでも予定に過ぎないけれど、それがあれば売上が予測できるだろう、と桃子は言う。

だが、章はそれが問題の解決につながるとは思えなかった。

「数が読めたところで配達する人間がいないってことに変わりはない」

「売上がつかめれば、利益も読めるでしょ？　安曇さんに来てもらえるかどうかわかるじゃないですか」

「安曇さん……？」

「え……安曇さんのシフトを増やしたくてやってる話じゃないんですか？」

「ごめん……ちょっと頭から抜けてた……」

「しっかりしてくださいよ。大した数じゃなければ、配達だって少ないんだから大将と私で手分けする。数軒の配達でふたりがかりなら、そんなに時間はかかりません。それで回りきれないほどまとまった数になりそうなら、あらかじめ安曇さんに来てもらう。仕込みも手分けできるし、万が一大将が開店に間に合わなくてもなんとかなるじゃないですか」

そんなに難しい話じゃない、と桃子は言い放った。

「そうか……軌道に乗ったら、とか言ってないで、最初から来てもらえばいいのか」

「先行投資ですよ。それに注文だって、まとめて頼めたほうがお客さんは便利かも」

『みやむら』の仕出し弁当も『ヒソップ亭』の『特製朝御膳』も前日まで注文を受けつけていた。

仕出し弁当を引き継ぐからには同じようにすべきだと思い込んでいたけれど、定期的に注文する客にとっては一週間なり一ヵ月なりまとめて頼めたほうが楽かもしれない。外出とか体調不良といった突発的な事情にさえ対応できるようにしておけば、問題ないだろう。

さらに桃子は思い切ったアイデアを披露する。

「もういっそ持ち帰りもやったらどうですか？　安曇さんがいる前提なら、ランチは難しくても夜ならいけるでしょ」

「も、持ち帰り!?」

「売上が落ち込む飲食店の常套手段です。『ヒソップ亭』はそこまで苦しくなかったから手を出してなかったんでしょうけど、仕出し弁当をやるならついでですよ、ついで。お弁当と一品料理の両方やりましょう」

弁当も一品一品の持ち帰りも大差ない。使い捨て容器はどうせ揃えなければならないし、持ち帰りは配達しなくていいだけでも楽だ。あらかじめ電話なりメールなりで連絡してもらえば、十分対応できる。桃子の言うとおりだった。

「そうか……それなら安曇さんに来てもらえるな」

「でしょ？　宮村さんは心置きなく引退できるし、これまで仕出し弁当を使ってたお客さんも助かります。急に残業とかになって夕ご飯の支度が間に合わない、って人の利用も見込めます。売上が増えれば『ヒソップ亭』も大喜び。なにより安曇さんがちゃんと料理人をやれます」

都内の仕事はキッチンスタッフと言っても包丁すらろくに使わせてもらえない。料理人になりたくて専門学校からやり直した安曇にとって、肉体的な疲労よりも心理的なダメージが大きいだろう。一刻も早くその状態から解放してやりたい。それは桃子だけではなく、章の思いでもあった。

「新しいことを始めるのに、なんとかなりそうだったら人を増やすなんて言ってちゃだめです。まず体制を整えて、だめなら撤収。『ヒソップ亭』にはまだそれぐらいの余力はあるはず。こんなときだからこそ攻めないと！」

桃子はにやりと笑って拳を握る。

「お弁当を配達してほしがっている人がほかにもいるかもしれません。母の友だちとかにもあたってみます。あ、パンフレットとかも作ったほうがいいかも」

どんどん話を進めていく桃子を見ているうちに、なんだかうまくいくような気がしてきた。

背水の陣という言葉があるが、まだ追い詰められていないからこそ打てる戦略もある。先行投資はその最たるものだ。現状のままで料理人を増やすことはできないにしても、新たな業務のための準備ならできる。まずはこれなら自分も頼みたいと思ってもらえる弁当を作ること、そして利用者を増やすべくしっかり宣伝をすることだった。

翌日章は、『猫柳苑』の朝食時間が終わるなり『魚信』に向かった。

いつもなら夜の営業に向けての仕込みを終わらせてから行くのだが、一刻も早く信一と美代子に会いたかった。細かいことを考えれば考えるほど、不安要素が出てくる。決心が鈍《にぶ》る前に結論を告げたかった。

仕出し弁当を引き継ぐこと、出前だけではなく持ち帰りも始めること、そのために安曇の勤務時間を増やすこと、などを矢継ぎ早に報告すると、美代子も信一も手放しで喜んでくれた。

「引き受けることにしたのね！　じゃあ、うちでも宣伝しなきゃ。パンフレットができたら持ってきてね」

「そんなの待ってられねえ。とりあえずそこらの紙に『ヒソップ亭』弁当始めます！　って書いて貼ろうぜ。お、これがいい！」

そう言って信一が手にしたのは、折り込みチラシである。今時裏が白いチラシなんて珍しいと思ったら、駅前にある雑貨屋の閉店セールを知らせるものだった。

美代子が慌てて取り上げる。

「ちょっと、いくらなんでも閉店セールの裏はやめましょうよ。このお店には申し訳ないけど、縁起が悪いわ」

「そうか？　紙なんてどれでも同じだと思うけど。まあいいや、じゃあ……」

信一は再び紙を探し出す。気持ちは嬉しいが、紙があったところで、まだ詳細が決まっていない。宣伝をするなら、内容をしっかり固めてからにしたかった。

「親爺さん、そんなに慌てないでください。持ち帰りについてもある程度値段や料理の中身を決めなきゃ二度手間になるし、安曇さんとも相談してからじゃないと」

「そうよ。ただ『持ち帰り始めます』だけじゃ、なにがなんだかわからないし、訊かれたって私たちには答えられないでしょ」

「ぐうの音も出ねえ……」

耳の後ろをカリカリと掻いたあと、信一は店の奥に入っていった。気を悪くしたのかなと思っていると、大きめのビニール袋を持って帰ってきた。どうやら中身は魚のアラ、おそらく奥の冷蔵庫に入っていたのだろう。

「こいつを持ってけ。なんかの足しになるだろ」

「いいんですか？」

「うちは魚屋だから、アラなんて山ほどあるんだ。うまく使えば、弁当の隙間ぐらい埋められる。こんなのでよければいつでも取りに来い」

「本当ですか！　マジでもらいに来ちゃいますよ、俺！」

「おう、来い来い。なんなら安曇さんに出勤前に寄ってもらえ。そしたらこいつも喜ぶ」

そう言うと信一は美代子を見て笑った。美代子も嬉しそうに頷く。

「そうしてもらって！　身体を壊しちゃ大変だってわかってるから我慢してるけど、やっぱりちょっとぐらいは安曇さんとおしゃべりしたいもの」

「了解です。それも含めて、安曇さんと相談します」

「よかったー！　ありがとね、大将！」

美代子は嬉しそうに礼を言う。すべては美代子が持ち込んだ話から始まったというのに、頭を下げられても困る。こっちこそ、なんてふたりして米つきバッタみたいになったあと、章はアラを抱えて『ヒソップ亭』に戻った。

その日はちょうど安曇の出勤日だった。

いつもどおりの時間にやってきた安曇は話を聞いて大喜び、早速都内の仕事を調整すると言ってくれた。それどころか、パンフレットについても自分が作るという。なんでも、以前勤めていた会社でもパンフレット作りにかかわっていたことがあったそうだ。

「任せてください。簡単なものなら、パソコンを使えばすぐ作れます。私のパソコン、まだそういうソフトが入ったままですし」

「それは助かるよ。じゃあさっさと概略を決めちゃおう」

「お弁当は『みやむら』さんが出してたものに配達料をプラスするとして、持ち帰りはどうします？　持ち帰り専用のメニューを用意するんですか？」

「それだと売れなかったときに食材が余ったりするから、やっぱり今出してるメニューのいくつかを持ち帰り用にしたほうがいいだろうな」

「ですね。じゃあ、とりあえず揚げ物……って言っても、日によって変わりますね。いっそSNSを使って『明日の持ち帰り料理』とかもやっちゃいますか？」

「SNSはいいにしても、明日の……？」

今日ではなく明日にする理由がわからず、章はきょとんとしてしまった。

「そんなにびっくりしないでください。『ヒソップ亭』の場合、通りすがりに、持ち帰りやってるのか、じゃあ買っていこうっていうお客さんよりも、わざわざ買いに来るお客さんのほうが多い気がします。全部を買ってきたお総菜で済ませるのは気が引けるって人、けっこういるんですよ。明日の分が書いてあればそれを元に献立を作ることができます。需要はあると思いますよ」

「そういうものなの？」

そこで黙って話を聞いていた桃子に目を向けると、彼女はしきりに頷いていた。

「そうなんですよ。外食ならいいんですけど、家で食べるのに全部買ってきたものって、なんか罪悪感があります。一品でも手作りのものがあると許されるような気がして、お弁当を買ってきても汁物だけでも作ったり……こんな感覚なくなっちゃえばいいのに」

なんだか年寄り臭い、と嘆く桃子に、安曇が慰めるように言う。

「年齢は関係ありませんよ。うちの母なんて全部買ってきても平気だったし、汁物だってインスタントみそ汁とか……」

「そっか……年齢は関係ないのか」

「そういうふうに思うのって、料理にかかわってる人間だからかもしれませんよ。作れば作れるのに作らないって選択肢が心苦しいとか……」

「あるいは、人が作ったものは旨くないとか」

そこでうっかり本音を漏らした章に、女性ふたりは大笑いだった。ひとしきり笑ったあと、桃子が冷やかすように言う。

「確かに大将はそうでしょうね！　買ったものなんて大して旨くねえ、一品ぐらい口に合う料理をまぜなきゃやってらんねえ！　って」

「料理人の沽券に関わるとか？」

「沽券とかじゃなくて、自分の口に合う料理を一番わかってるのは自分だ、って感じかな」

「そういえば、お総菜売り場にメインの料理があってもあんまり売れてない気がします。よく売れるのは副菜……。あれって、メインはなんとか作れるけど副菜までは手が回らないから、ってことなんでしょうね」

カレーだけでは寂しいからコロッケを足す。肉や魚のメインを作ったから野菜の和え物を足す。とりわけスーパーのお総菜は、そういった利用法が多いのではないか、と安曇は言う。

「だから、持ち帰りは『ちょい足し』のお総菜をメインに考えたほうがいいかもしれません」

「それなら楽よね。作り置きをパックに詰めるだけだもの」

「毎日メインは一種類だけにして、むしろ副菜に力を入れましょう。仕込みの量は増えますが手間はそんなにかかりません」

「安曇さん、天才！」

桃子がぱちぱちと手を叩き、自信を得たのかさらに安曇の発言が活発になる。

こうして桃子と安曇を中心に『ヒソップ亭』の弁当と持ち帰り企画が動き出した。頼もしいふたりに支えられ、章のやる気もどんどん高まっていった。

寒風にしなる柳

宮村に注文をまとめてもらうにあたって、せめてこれぐらいは提示すべきだろうということで、仕出し弁当のパンフレットが作られた。

章は当初、料理名を羅列したメモ程度でいいと思っていたが、安曇と桃子に大反対され、実際に弁当を作って撮影した写真も添えることにした。

献立は利用者と同年代の母親を持つ桃子の意見を中心に進め、パンフレット作りは安曇が頑張ってくれた。章がしたことといえば料理を作って詰めただけ、写真撮影に至ってはふたりが奮闘している姿をぼんやり見ていただけだった。

こうして出来上がったパンフレットは、安曇曰く『渾身の作』、試しに見てもらった勝哉や雛子からも絶賛される仕上がりになった。

とはいえ、『絶賛パンフレット』にも問題がないわけではない。こんなに見栄えがするのは、使い捨て容器が間に合わず、桃子の父親が『猫柳苑』の料理長だったころに使っていた松花堂弁当の容器に盛りつけたところにある。実際に客の元に届くのは使い捨て容器だし、見た瞬間客ががっかりするのではないか、と心配になってくる。

けれど桃子は、そんなの宅配料理では当たり前、写真よりも量が少ないわけでもないし、美味しければいいのだ、と笑い飛ばした。

少しでも美味しそうに見えるよう弁当箱の置き方にこだわったり、添える小物を探し回ったりするふたりは終始楽しそうだった。特に、このところ疲れと不安を拭い去れずにいた安曇の明るい笑顔は印象的で、軌道に乗ったら安曇に来てもらえる、から安曇に来てもらうのだからなにがなんでも軌道に乗せなくては、という考えに変換したのは大成功だったと痛感させられた。

パンフレットが完成し、宮村に注文をまとめてもらうよう頼んだあと、章にとって胃が痛くなるような日が続いた。桃子は楽観視しまくっていたが、注文が減るのではないか、それどころか誰ひとり頼んでくれないのではないか、と心配でならなかったのだ。

宮村から電話があったのは、パンフレットを渡してから一週間後の十二月十四日のことだった。『ヒソップ亭』にお邪魔したいが、いつならいいかとの問い合わせで、昼過ぎならと答えた。『みやむら』は年内いっぱいで閉店する。『ヒソップ亭』の仕出し弁当は一月から、ということで十二月二十日ぐらいまでには注文をまとめておくと言っていたのに随分早い。なにか大きな問題でもあったのか、とさらに不安になってしまった。

ところが、昼過ぎに現れた宮村は満面の笑み、一目で問題があったわけではないとわかった。

胸をなで下ろしつつ見せてもらった弁当の注文数は章の予想の一・五倍、宮村の笑みは苦笑いを含んでいたのだな、と思ってしまうほどだった。

案の定、宮村は言う。

「新しいお客さんに声をかけたわけでもないのにこの数字はすごいです。正直、ちょいとへこみますね」

今まで週に一度だったお客さんが二度に、二週に一度だった人は毎週に……そんなこんなで数字がふくれあがった。値段は変えていないし、配達料まで上乗せしたというのに注文が増えるなんて予想外だったのだろう。もちろん、章だってこんなことになるとは思ってもみなかった。

なんでこんなに……と驚く章に、宮村は考え考え答えた。

「たぶん……みんな、この町のことを心配してるんでしょう」

この町の主立った収入源は漁業と観光業だ。旅行に出かける人が減ったせいで旅館や飲食店、土産物屋に至るまで青息吐息だし、そういった場所に納める海産物が減れば、漁業だって品あまりで価格はどんどん下がっていく。実際に閉店してしまった店も少なくない。

懐に余裕がある人間なら、少しでも需要を増やしたい、経済を回さなければ……と考えたのかもしれない、と宮村は語った。そして、ちょっと笑ってつけ加える。

「それとね、たぶん奥さん方がまいっちゃってるんでしょうね。仕事はとっくに引退してる。今までみたいにふらふら遊びに出かけもしない。ずっと家にいて、朝昼晩と飯を食うわけです」

「なるほど……確かに自分だけなら適当に済ませるけど、旦那がいちゃねえ……なんて声はしょっちゅう聞きますね」

「でしょう？　そういう状態が長くなってきた。食材を買いに行くのも大儀、となったら週に一日でも楽をしたいって思うのも無理はないでしょう」

「もしかしたら、懐にそんなに余裕はないけどほかの日を切り詰めてでも、って思う人もいるのかも……。弁当にしては高いけど、外食だって晩飯ならそこそこかかるし」

「でしょうね。ま、なんにしても注文が多いのはいいこと。これならあたしも安心できます」

「ありがとうございます。『みやむら』さんから引き継いだお客さんにがっかりされないよう努めます」

「はいはい。よろしくお願いしますよ」

そう言うと宮村は、満足そうに帰っていった。

『猫柳苑』の玄関から出ていくまで見送ったあと、桃子が頭の上まで両手を伸ばして言う。

「あーよかった。これで万事解決。宮村さんは福の神でしたね！」

「そうだな。でも、これからが勝負だよ」

「わかってますって。やっぱり『みやむら』のほうが……なんて言われないように頑張らないと」

「うん。正直、数としては安曇さんに来てもらうのにぎりぎりだし」

「そっか……じゃあ、マジで頑張ろっと！」

今までマジじゃなかったのか！　と膝から力が抜けそうになった。桃子は、冗談ですよーなんて笑いながら、『ヒソップ亭』に戻っていく。

「仕出し弁当の評判がよければ、これまでの『みやむら』さん以外のお客さんからも頼んでもらえるし……あ、そうだ！」

そこで桃子が言い出したのは、章がさらに嬉しくなる話だった。

桃子の母親は、時折特別養護老人ホームのデイサービスを利用しているが、その施設から仕出し弁当の注文をもらえるかもしれない、というのだ。

「でも、老人ホームの飯って、もともとそこで作ってるんじゃないのか？」

特別養護老人ホームは、そこで暮らしている人が大半だ。食事の提供は欠かせないし、人も設備も整っているに違いない。『ヒソップ亭』に鞍替えなんていきなりすぎるし、頼まれたところで対応できないだろう。

だが、桃子の話はそういう大がかりなものではなかった。

「もちろん、日常的な話じゃないですよ。なんて言うか……行事食的な……」

「行事食……でも、そういうところって塩分とか糖分とかしっかり考えなきゃならないんじゃない？　俺、栄養士じゃないし……」

「あー、違う違う。食べるのは、利用者さんじゃなくて職員さんたちです」

「職員……？」

「はい。年に一度か二度、職員さんの慰労会みたいなことをしてるそうなんです。でも外のお店にみんなで出かけてっていうわけにもいかないし、会議室でデリバリーを頼んで、って感じだったんですって。デリバリーもそんなにたくさん種類があるわけじゃないし、たまにはこういうお弁当を使ってみてもいいなーって」

「それって誰の意見？　職員さん？」

「まさか。もちろん、施設長さんですよ。この間、母を迎えに行ったときにパンフレットを渡して話してみたら、すごく美味しそうだって……」

日常的には使える値段ではないけれど、年に一度か二度ならなんとかなりそうだ。日ごろから頑張って働いてくれている職員さんに楽しんでもらえれば……と施設長は言ってくれたそうだ。

「とかなんとか言って、自分が食べたいって感じがありありでしたけどね」

「そうか……職員さんの慰労会かあ……それはいいなあ……」

介護は大変な仕事だ。体力的にはもちろん、精神的にも緊張を強《し》いられる。利用者や家族から暴言を浴びせられることもあると聞く。そんな激務の中であっても、慰労会を開いてくれるような施設長の存在は、職員にとって励みになるだろう。

「すごく真面目な施設長さんだから、社交辞令はあんまり言わないと思います。きっと前向きに検討してくれますよ。一度使ってもらえれば口コミで広がるかもしれないし」

「だといいなあ……」

介護施設はどこもぎりぎりの予算で運営しているらしい。慰労会にかける予算もそこまで大きくないはずだし、そもそもあること自体が驚きだ。捕らぬタヌキの皮算用はしないでおこう、と自分に言い聞かせる。

ところが、それから一週間もしないうちに嬉しい誤算が起こった。桃子の母親が通っている特別養護老人ホームから、仕出し弁当についての相談があったのだ。しかも桃子を通してではなく、施設長本人からの電話によるものだった。

「特別養護老人ホーム『すなはま』の施設長の春日《かすが》と申します。ご多用のところ恐縮ですが、少々お時間をいただけませんでしょうか……」

そんな丁寧な挨拶で始まった電話に、章はてっきり値下げ交渉でも始まるのかと思った。電話から伝わってくる声だけで、人柄のよさがわかる。桃子から『慰労会』の話を聞いていたこともあって、大幅な値下げはできないけれど気持ちだけでも……と思っていた。ところが相談の内容は価格ではなく時期について、パンフレットには一月からと書いてあったけれど、なんとか年末にお願いできないか、とのことだった。

「年末……具体的にはいつごろですか？」

おそらく忘年会という名の慰労会に間に合わせたいのだろうな、と思って訊ねてみると、案の定十二月二十九日、どうやらその日が仕事納めらしい。さらに春日は言う。

「夏の慰労会にでも、と思っていたのですが、拝見したパンフレットの写真があまりに美味しそうで、私が我慢できそうにありません。今年はとりわけ大変な年でしたし、職員たちも本当によく頑張ってくれました。みんなにこのお弁当を食べてもらって、来年が少しでもいい年でありますようにって祈りたいなあ……なんて。本当はお弁当ぐらいでは労いきれ……」

そこまで話したあと、春日は唐突に言葉を切った。どうしたのかと思えば、いきなり謝り始める。

「大変失礼いたしました。『ヒソップ亭』さんのお弁当を貶めるようなことを……」

「そんなこと思いませんって」

なんて実直な人だろう。こういう人が施設長なら、『すなはま』は職員にも利用者にも心地よい場所に決まっている。だからこそ、桃子の母親も時折利用しているに違いない。

確かに仕出し弁当は一月開始とパンフレットにも明記した。だが、十二月二十九日も一月一日も大差ない。訊いてみたところ、注文数は八個で夕方に届けてほしいとのこと。予行練習にもってこいの条件だった。

そこで章は、電話の向こうで恐縮している春日を安心させるように言った。

「わかりました。じゃあ、十二月二十九日の午後五時ってことでよろしいでしょうか？」

「時間は大丈夫ですか？　『ヒソップ亭』さんは夜もお店を開けていらっしゃいますよね？　間に合わないようならもっと早くても……あ、いっそこちらから取りに伺いましょうか？」

「いいえ、大丈夫ですよ。『すなはま』さんならうちの従業員もよく知っているはずですし、さっさと届けに行ってくれるでしょう」

「根谷さんのお嬢さんですね。じゃあ、お言葉に甘えて……」

「承りました。それでは十二月二十九日、午後五時に仕出し弁当を八個ということで」

「無理を言って申し訳ありませんでした。どうぞよろしくお願いいたします」

あくまでも丁寧な言葉で春日は電話を終わらせた。最後の最後に『楽しみにしております』という嬉しい言葉も添えて……

――本当にいい人なんだなあ……ちょっとおまけしようかな……

値引きと品数を増やす、どっちがより喜んでもらえるだろう。いっそ両方でも、などと考えていると、母親と食事を取りに行っていた桃子が戻ってきた。

「どうしたんですか？　にやにやして」

「にやにやって……でもまあ、正解かな。実は『すなはま』さんが仕出し弁当の注文をくれたんだ」

「え……いつの？」

「十二月二十九日。ちょっと早いんだけど大丈夫かって電話が来たからＯＫしたところ」

「じゃあ慰労会に使うつもりなんですね。あちゃー……」

桃子が、痛恨のエラーを犯したような顔になった。そしてきょとんとしている章に教えてくれたのは、『すなはま』の懐事情だった。

「私も母に聞いたばっかりなんですけど、『すなはま』に慰労会に使うお金なんてないんです。職員の福利厚生費なんてほんのちょっと、せいぜいお菓子と飲み物を買えるぐらいしか……」

「え、でも毎年慰労会をやってるって……」

「だからそれ、ぜーんぶ施設長の自腹、職員さんたちには絶対出させてくれないそうです。だから手配を頼まれた職員さんはできるだけお金がかからないようにコスパのいいデリバリーを探しまくるし、自分が貯めたポイントを使ったりもしてるんですって。自分で作ったお料理を持ち寄ったこともあったみたいですけど、それじゃあ慰労にならないって施設長に叱られちゃったんですって……」

ただでさえ値が張るのに八個まとめてなんて洒落にならない。こんなことならパンフレットなんて見せなければよかった、と桃子は肩を落とした。

「そんなに自分を責めるなよ。知らなかったんだから仕方ないじゃないか。桃ちゃんは少しでも注文が増えるように頑張ってくれたんだし」

「そりゃそうですけど……」

『ヒソップ亭』の売上が増えるのは嬉しいが、あの施設長の負担が増えるのは心苦しい。桃子はさぞや複雑な気持ちだろう。

うぐぐ……と漫画みたいに唸っている桃子に、章は先ほどの自分の疑問に答えを出した。

「まとめて注文してくれたことだし、値引きか中身をおまけするかで迷ってたんだけど、値引きにするよ。桃ちゃん、これまで慰労会にどれぐらい金がかかってたかってわかる？」

「わかりません。でも、職員さんにどんなものが出てたか聞くことぐらいは……」

中身がわかれば予算の見当はつく、と桃子は言う。そこで章は、慰労会で出された飲食物の内容を聞いてきてもらうことにした。

「その金額になるべく近づくように頑張ってみるよ」

「いや、それ無理！　職員さんが四苦八苦して安く抑えてるんですよ。近づけようがないでしょ！」

「まあ材料費だけ出ればいいよ」

仕出し弁当は一月からということで、安曇のシフトもそれに合わせて増やした。十二月はまだ安曇の人件費は発生しないのだから、食材だけ賄えればなんとかなる。

だが章の説明を聞いた桃子は、もっと困惑してしまった。

「そういうのはよくないです！　……とも言い切れない……でも、やっぱり……あーもうどうしたら……」

「そんなに悩むぐらいなら、いっそプレセールだとでも思っとけよ」

「プレセール？」

「そう。開店前に宣伝を兼ねて大盤振る舞いすることがあるじゃないか。あれだよ、あれ」

「それって関係者ご優待みたいなものでしょ？」

「桃ちゃんのおふくろさんがお世話になってるんだから、関係者だよ」

「でーもー！　結局大将はただ働きだし！」

「あーもう、うるさい！　だったら桃ちゃんも、配達にかかる時間はただ働きにする。それでいいだろ。はい、終わり！」

この話はここまで、と打ち切って、桃子に開店準備をするよう促す。桃子はまだなにか言いたそうにしていたものの、時計を見上げてため息をつき、念入りに手を洗い始めた。


その夜、十時になろうかという時刻に『ヒソップ亭』にやってきたのは三十代後半から四十代、妙齢と言うには少々時機を逸《いっ》したかな……という感じの女性だった。

浴衣の上に半纏《はんてん》を羽織っているから『猫柳苑』の泊まり客だろうが、章が知らない顔だ。昼過ぎに『猫柳苑』の予約者一覧を確かめてきた桃子が、見覚えのない名前があったと言っていたから、おそらくこの客のことだろう。

引き戸をそっと閉めた女性は、迎えに出た桃子に訊ねた。

「ひとりなんですけど、まだお食事できますか？」

「もちろんです。カウンターとテーブル、どちらがよろしいですか？」

「じゃあ、カウンターで」

ではこちらへ……と桃子が案内したのはカウンターの奥から二番目、章の正面から少し外れた席だった。常連には章と話したがる人が多いため、真ん前の席に案内するが、初見の客はわからない。特に女性はじろじろ見られるのを嫌がる人も多いから、とりあえず少し距離を取れる席で……と考えたのだろう。

女性が腰掛けるのを待って、桃子が品書きを渡した。

「一品料理を定食にすることもできますよ。ご飯とおみそ汁と小鉢がつきます」

「あ、そうなんですか。なにかおすすめはありますか？」

「お刺身は盛り合わせにできますし、今日だとカレイの煮付けもおすすめです」

「お刺身も煮付けも魅力的ですね。でも、けっこうお腹が空いているのでもうちょっとこってりした感じでも……」

「こってりした感じ……」

そこで桃子は、章を窺い見た。

『ヒソップ亭』も『猫柳苑』もどちらかというと客の年齢層が高く、日ごろからあっさりした料理を中心に用意することが多い。特に今日は、六十代前後の常連が予約名簿に名を連ねていたため、刺身も白身やマグロの赤身が中心だし、煮付けもカレイを選んでいる。こってりした料理を望まれたら、品書きにない料理を作るしかなかった。

「お肉とお魚、どちらがよろしいですか？」

章がかけた声に、女性はちょっと考えたあと肉と答えた。

肉か……と思いながら冷蔵庫の中身を頭に浮かべる。こってりした肉料理はたくさんあるが、季節を考えたらやはり温かい料理だろう。

「鉄板焼き、あるいはすき焼きはいかがでしょう？　お野菜なども一緒に召し上がれておすすめかもしれません」

「すき焼き！　そういえば随分食べてないです。家族がどちらかというとしゃぶしゃぶ派で。でもひとりなのに食べきれるかしら」

「ご心配なく。ひとり用のお鍋がありますから」

「じゃあお願いします」

「かしこまりました。なにか苦手な具材がありましたらおっしゃってください」

「好き嫌いはありませんから大丈夫」

「アレルギーも？」

「はい。なんでもいただきます」

それでは……と章が準備にかかる一方で、桃子が飲み物を訊ねた。

「お飲み物はお茶でよろしいですか？」

「せっかくだから、ちょっとだけお酒をいただこうかな……。一応お鍋だから、冷たいビールがいいのかしら」

「すき焼きならビールでも日本酒でも焼酎でもウイスキーでも大丈夫です。お好きなものを」

「逆に困っちゃいますね……」

「普段からお酒は召し上がられますか？」

「実はあんまり。ちょっと呑むとすぐ眠くなっちゃうんです。でも今日はけっこう疲れてますし、少し呑んでぱっと寝てしまいたいなと……」

そういえばこの客は名簿の備考欄に『チェックインは五時以降』と但し書きがあったと桃子が言っていたけれど、『ヒソップ亭』が夜営業を始めた時点でまだ到着していなかった。この時間に食事に来たところを見ると、予定よりも遅れた、あるいは到着したもののすぐには動けなかった可能性もある。

いずれにしても疲れているのは間違いなさそうだ。適度なアルコールは疲れと緊張をほぐし、心地よい眠りに導いてくれるだろう。

「それなら発泡性の日本酒がいいかもしれません」

そこで章は、酒用冷蔵庫から小さなガラス瓶を取り出した。緑色の瓶に『ねね』と書かれたラベルが貼られている。山口県岩国市にある酒井酒造《さかいしゅぞう》株式会社が造っている酒だった。

「『ねね』……かわいい名前ですね。それにとっても素敵なデザイン」

「味も素敵ですよ。ちょっと甘めで呑みやすいし、ほどよい酸味がすき焼きにもよく合います」

「じゃあ、それをお願いします」

「わかりました」

すぐに桃子が取りに来て、グラスを添えて運んでいく。目の前に瓶を置かれた客が、恐る恐るといった感じでキャップを捻った。

きりり……に続き、シュッという炭酸が抜ける音がする。客が驚いたように言った。

「意外に弱いんですね。発泡性っていうから、もっとコーラみたいにシュパーッ！　って感じかと思いました」

「これは瓶の中で発酵させるタイプですから、コーラやサイダーとは違います。刺激はもちろん、アルコール度数もそんなに高くないので女性に人気のお酒なんです」

私も大好きなんですよ、と桃子はにっこり微笑む。

桃子が好きなのはこの酒に限らない。むしろ、嫌いな酒があったら教えてほしいものだ、なんて思いながら、章はコンロに小鍋を載せた。

『ヒソップ亭』のすき焼きは、あらかじめ牛肉を焼いておくタイプだ。いつもなら一度で焼いてしまうのだが、今日の客はかなり空腹らしい。おかわりを用意しておいたほうがいい。小鍋に調味料を入れたあとでは肉に焦げ目はつけられないし、最初に全部焼いておくべきだろう。

肉は、A5等級とまではいかないが、それに近い国産牛の霜降りと赤身が多い部位の両方を用意した。霜降り肉はすき焼きでは人気が高いが、そればかりでは飽きるし胃にもたれる。最初に霜降り、あとで赤身肉を入れることで、最後まで美味しく食べてもらおうという算段だった。

しばらく待って牛脂を滑らせ、薄く煙が上がったのを確かめて霜降り肉を広げる。ジュッという音、そして牛肉ならではの香りが一気に立ち上った。

「ああ……なんていい匂い！」

カウンターの向こうでは、客がうっとりとしている。客ばかりか、桃子まで鼻をひくひくさせていて、章は苦笑しつつ焼き上がった肉を皿に移した。

具材は、ネギ、白菜、人参、椎茸、エノキダケ、春菊、それに焼き豆腐、白滝、水で戻した麩も用意する。関東ではすき焼きに麩を入れることは少ないらしいが、煮汁を吸った麩は絶品、ぜひとも味わってほしかった。

すべての肉を焼き上げたあと、霜降り肉を鍋に戻し、ほかの具材を入れていく。

松阪牛《まつさかうし》で有名な三重の老舗料理屋では、最初に肉だけを味わってもらうそうだが、あえて章は野菜と一緒に煮込む。そのほうが肉の旨味が野菜に滲みると考えるからだ。

肉を中心に彩りを考えつつ野菜や豆腐たちを並べ、酒、砂糖、醤油を入れる。普通の煮物よりたくさん調味料を使うのは、野菜から染み出す水分、さらには生卵で薄まる分を考えてのことだ。

肉はすでに焼いてあるし、野菜は少し小さめに切ってあるので火の通りが速い。麩の中心まで煮汁が滲みるのを待って、桃子が客の前にある小型のカセットコンロの上に置いた。

「固形燃料を使うタイプじゃないんですね」

「あれだと、火加減ができませんし、最後まで持たないんですよ」

「なるほど、確かに固形燃料でとろ火って難しそうですね。でも最後まで持たないって？」

鍋の中の具はどれもすでに煮えている。おそらくこの客は、コンロに載せたのは保温のためだと思っているのだろう。それなら固形燃料で間に合うはずだと……

首を傾げる客に、桃子は丁寧に説明した。

「すき焼きは『締め』がお楽しみじゃないですか。あ、これってすき焼きだけじゃなくて、鍋料理全般に言えることですけど」

「『締め』！　なるほど……。でもすき焼きって、白いご飯と一緒に食べるのも捨てがたいんですよね」

「あーそれ、わかります。迷っちゃいますねえ……」

「じゃあ、最初にご飯を少し。最後にうどんかお餅、もしくはおじやをちょっとだけ、っていうのはどうでしょう？」

「素敵！」

章の言葉に満面の笑みを浮かべ、客は早速箸を取った。

カッカッカッと器と箸がぶつかる音がする。白身と黄身をしっかりまぜて納得したのか、小さく頷いたあと、肉を一切れ器に移した。

絡めた卵が細い糸となって肉から垂れる。途切れるのが待ちきれない様子で口に運び、これまたしっかり噛んで味わう。なにごともゆっくりかつ慎重におこなう人のようだ。

「しみじみ美味しい……。牛肉ってやっぱり特別ですよね」

「高級感があるっておっしゃる方は多いみたいです」

「ほんとに。家だと、ごく稀にすき焼きをしても使うのは豚肉なんです」

「豚肉のすき焼きってことは、ご家族が北海道《ほっかいどう》とか東北のご出身なんですか？」

「夫は東京育ちですが、義母が北海道です」

「お姑さんでしたか……。お客様は？」

「私は静岡《しずおか》です。すき焼きって牛肉で作るものだと思ってたので、結婚してびっくりしました。でも牛肉なんて贅沢だって姑が言うので、すき焼きに限らず肉料理は豚や鶏が多いんです」

出身地によって料理に使う食材が異なるのは、よくあることだ。それでも、夫婦なんだから両方の意見を取り入れて、すき焼きだって牛と豚を交互に使えばいいのに……と思っていると、桃子が不満そうに言った。

「贅沢って……。輸入牛肉なんてブランドの豚肉とか鶏肉より安いこともあるのに……」

「そうなんですよ。でも、うちでは姑の言うことは絶対なので……」

そう言ったあと客はグラスに手を伸ばし、大きく二口酒を呑んだ。ほれぼれとグラスの中身を眺めたところを見ると、どうやら発泡性日本酒、そしてすき焼きとの組み合わせも気に入ってくれたようだ。

「こちらもどうぞ」

そう言いながら出したのは、ガラスの小鉢に入れたプチトマトのピクルス。プチトマトを湯剝きして甘酢に漬けただけの簡単な料理だが、さっぱりしているので濃厚な料理の箸休めにぴったりだ。

トマトは夏が旬で冬場は色合いが今ひとつだが、プチトマトは夏でも冬でも真っ赤、彩りが素晴らしい上に一口で食べやすく重宝な野菜だった。

「これ、美味しいですね。まとめて作って大丈夫かしら」

「一応保存食ですのでまとめて作っても大丈夫ですが、できれば少しずつのほうが……。長く置くとなんだか頼りない味になってしまう気がします」

「そうなんですか……残念」

「あ、でもこれ、市販の寿司酢に突っ込むだけでもできるので」

「それでいいんですか!?」

「はい。うちではさすがに自分で合わせますけど、ご家庭ならそれで十分です」

「それならできそう。今度やってみます」

「ぜひ」

そんな会話を交わしているうちに、客の表情がどんどん柔らかくなる。どうやら疲れも少しずつ取れつつあるようだった。

ほかの具が残っているうちに赤身の肉を追加。最後にうどんを半玉、残った溶き卵に絡めて食べ切ったあと、客はほう……とため息をついた。もちろん『ねね』の瓶もグラスも空っぽ、文字どおりの『完食』だった。

「なにかデザートでもご用意いたしましょうか？」

「あら素敵！」

「果物かクリームブリュレ、アイスクリームもございます」

「アイスクリームがあるんですね！」

すき焼きに限らず、焼き肉や天ぷらといった濃厚な料理のあとは、シャーベットが出されることが多い。『ヒソップ亭』でもレモンや柚のシャーベットを常備しているが、この客はシャーベットよりもアイスクリームを選びそうな気がした。根拠などない。ただの直感だったけれど、予想どおり、客は目を輝かせて言った。

「食事のあとに出てくるデザートって、シャーベットが多くなりましたよね。確かに口の中はさっぱりするんですけど、酸味が残っちゃって私はちょっと苦手なんです。やっぱりデザートなんだから甘いものがいいし、アイスクリームは大歓迎」

「それはよろしゅうございました。アイスクリームは抹茶とバニラ、ミントもございますが、どれにしましょう？」

「ミント！　それってチョコレートは……」

「中には入っておりませんが、お好みでしたらチョコレートソースをおかけします」

『ヒソップ亭』で用意しているミントアイスクリームは、比較的ミントは控えめになっている。

デザートと口直しの両方の役割を果たせるように、あえてその濃度に留めているのだが、中にはミントアイスクリームにはチョコレートが入っていなければ、という客もいる。そういうとき『ヒソップ亭』ではチョコレートソースをかけることにしている。ソースと言ってもコーティング用のチョコレートを使うため、アイスクリームにかければすぐに固まり、ぱりぱりの食感を得られる。

そのままスプーンで掬《すく》って食べてもいいし、皿の上でまぜ合わせて本格的なチョコミントアイスクリームにしてもいい。しっかりした甘みが不要なら、チョコレートソースをかけずに出すことも可能……ということで、ミントアイスクリームはかなり秀逸なデザートだと章は思っていた。

もちろん、ミントが苦手な客もいるから、あくまでも選択肢のひとつとして、ではあったけれど……

章の説明を聞いた客は、ますます嬉しそうに言った。

「じゃあそうしてください。私、チョコミントアイスが大好物なんです！」

「かしこまりました。すぐにご用意いたします」

早速冷凍庫からミントアイスクリームを出し、コーティング用のチョコレートを湯煎する。薄緑色のアイスクリームをガラス容器に盛りつけ、溶けたチョコレートを上から垂らす。スプーンを添えて客の前に出すころには、すでにチョコレートは固まり始めていた。

「お皿の上で作るチョコミントアイス、って感じですね」

すぐさまアイスクリームとチョコレートを一緒に掬って口に入れる。チョコミントアイスが好物だと言うからには、もっと丹念にまぜるのかと思っていたが待ちきれなかったらしい。ついつい、それでは皿の上ではなく口の中で作るチョコミントアイスだな、などと突っ込みを入れたくなるが、本人は鼻歌でも歌いそうな様子だし、喜んでくれているのは一目瞭然、言わぬが花というものだろう。

「本当に美味しかったです。この町に来る楽しみができました」

「それはよかったです」

明らかに町の住民ではない。到着は遅かったし、疲れ果てている様子だったから、おそらく仕事だろう。頻繁に訪問しなければならない取引先があるのかもしれないが、立ち入って訊くようなことでもないか……

そんなことを思いながら見ていると、客がふっと笑って言った。

「実は、この町の特別養護老人ホームに父がお世話になることになったんです」

これまでは夫婦で暮らしていたが、二年ほど前に母が亡くなってひとりになった。自分は夫の母親と同居しているため、父を引き取ることもできない。様子だけでも見に行きたいと思っても、自宅と実家は車で二時間という距離があり、頻繁には行けない。

父はもともとおしゃべり好きな人だったので、話し相手がいないのは寂しい。食事に気をつけなければならない持病もあり、今は軽いけれど重篤になったら入居を断られるかもしれない。それならいっそ……ということで、父自ら特別養護老人ホームに入りたいと言い出した。

とは言っても、特別養護老人ホームはどこも入居待ちの長い列ができている。一年以上待って、ようやく空きが出た。自宅からも父の家からも遠いが、これを逃したら次はいつになるかわからない。さらに、認知症でも発症したら引き受けてもらえなくなる。そんなこんなで入居を決め、本日がその入居日とのことだった。

「日帰りにしようかと思ったんですけど、夫が泊まってこいって言ってくれて。しかも、一緒に行ってやれなくてすまない、なーんて……」

「いい旦那さんですねえ……」

桃子が感心したように言う。妻の実家を疎かにする夫の話はよく聞く。古い考えの夫に限って、『嫁に来たからには俺の親を優先しろ』などと言うらしい。どっちも親に変わりはないし、今時『嫁に来た』もないものだ、と桃子は憤慨するが、この客の夫はそうではなかったらしい。

羨ましそうな桃子の言葉に、客は頷きつつ答えた。

「そうですね。私にとってはいい夫だと思います。そうじゃなければ、姑と同居なんてとてもとても……」

表情から察するに、彼女と姑はあまりうまくいっていないようだ。ほんとは『姑』ではなく『あんな姑』と言いたかったのだろう。なんとか無理やり呑み込んで、という感じが伝わってきた。

いずれにしても、これ以上深追いしないほうがいい話題だ。桃子も同じように思ったのか、姑については触れずに話を進めた。

「この町は海も近いし、温暖で過ごしやすいんです。お父様もきっと気に入ってくださると思いますよ」

「私もそう願ってます」

「これからも定期的に面会にいらっしゃるんですよね？」

「できるだけ顔を見に来たいんです。ついでに、こちらにお世話になって羽を伸ばせればいいんですけど……」

今の住まいからこの町までは、車を使えば一時間で来られる。幸い免許は持っているし、買い物用に使っている軽自動車もある。家にはもう一台車があるから比較的自由に使えるのはありがたいが、そのせいで泊まりがけにしなくても事足りてしまう。

今日は入居日で手続きやらなにやらに時間がかかる上に、父親も心細いに違いない。一泊して翌日もう一度様子を見てから帰ってくればいい、と夫は言ってくれたが、次回以降は日帰りにしたほうがいいだろう……

彼女はため息をひとつついたあと、思いを振り払うように言う。

「でも、こちらでお食事ぐらいできるでしょう。午前中に家の用事を済ませて午後一番で出発、父に会って、夕ご飯をこちらでいただいて帰ることにします」

家事を済ませて夕食の支度もしてくれれば、姑の文句も少しは減らせる。もっと長い時間父と過ごしたいけれど、まったく顔を見られないよりはましだ、と客は寂しそうに言った。

諦めきったような口調に、章まで辛い気持ちになってしまう。

世の中には、常連の丸田《まるた》の母のように、息子の妻に息抜きさせてやりたいあまり、大して好きでもない旅に出る姑もいる。

理解のある姑とそうではない姑に当たる人の差はどこにあるのか。日ごろのおこないなんて言葉では片付けられない気がした。

「あの……」

そこで口を開いたのは桃子だった。しかも、珍しくためらいがちな口調だったため、章も戸惑いつつ桃子の言葉を待つ。

「なんか便乗商法って取られると辛いんですけど、時々はお父様と一緒にいらっしゃってはどうですか？　いつもじゃなくてたまには、ってことでも」

この客がこの町を訪れるのは父親に会うためだ。特別養護老人ホームのことは詳しくないが、散歩かちょっとした買い物ぐらいしか外出の機会がない気がする。娘と一緒に外出し、食事をすることでより楽しい時間を過ごせるかもしれない。

ところが桃子の提案を聞いた女性は、済まなそうに謝った。

「ごめんなさい。うちの父、持病があってあんまり自由に食事を選べないんです。それもあって施設を探すのに時間がかかったんですよ」

かつては母が食事の管理に頑張ってくれていた。母が亡くなったあと、父親もなんとか自分で管理しようとしていたのだが、もともと家事に長けておらず、とりわけ料理は作るだけで精一杯で、けっして症状に合わせた内容とは言えなくなってしまった。父親が特別養護老人ホームに入ることを選んだのは、主に食事の心配からだったそうだ。

「食事の管理をしっかりしてもらえるだけじゃなくて、ちゃんと美味しいところを探しました。でも、そういうところってやっぱり人気で。ようやく入れた、これでもう安心って父も言ってますので、当分外食は考えないと思います」

「そうですか……あ、じゃあ、お弁当は？」

「同じことでしょう？」

外で食べても、お弁当にして持ち込んでも変わりはない。やはり施設の食事のほうが父には安心だ、と済まなそうに言う客に、桃子はあっさり言い返した。

「違うんです。お父様の分じゃなくて、お客様の分です」

「と言うと……？」

「うちでご自分のお弁当を買っていただいて、お父様と一緒に召し上がられてはいかがでしょう？」

「それはどうかな……」

章の言葉に、桃子が微かに唇を尖らせた。まさか章に否定されるとは思わなかったのだろう。だが、『ヒソップ亭』の弁当はあらゆる意味で見栄えがする。そんなことをする予定はまったくないが、売価を下げるために安い材料を使ったとしても、料理法や盛りつけにこだわり、できる限り豪華に見えるよう努めるはずだ。

そもそも病人食というのは使える食材にも調理法にも制約が多い。自由自在に作れる一般の弁当との差は歴然。ましてや章は、客に美味しいと言ってもらうことを主眼に料理を作っているし、その中には『目のご馳走』という概念も含まれている。どれほど技量があったとしても、『健康』に主眼を置く調理担当者とは目指すところが違うのだ。

「自惚れを承知で言わせてもらいますが、うちの弁当を持ち込んでお父さんの前で食べるのはちょっと酷な気がします」

「私もそう思います。実は今日、父が夕食を済ませるのを待ってこちらに伺いました。どんなものをいただくのか気になって……」

そのせいでチェックインが遅くなって、『猫柳苑』に迷惑をかけてしまった、と客はまた申し訳なさそうな顔になった。即座に桃子が返す。

「そりゃそうですよ。食事を目的に施設を選んだのなら余計です。チェックインタイムなんて気にする必要ありません」

「そう言っていただけると気が楽になります」

「で、お食事はいかがでしたか？」

気になって先を促す章に、客は小さな笑みを浮かべて答えた。

「きれいに盛りつけられてましたし、とても美味しそうでした。食べてみた父も、すごく美味しい、待った甲斐があったって喜んでました」

出汁をしっかり使って、塩分を控えても物足りない味にならないよう工夫していた。彩りもかなりきれいだし、何人、何十人もの食事を一斉に作る施設にありがちな、盛りつけの乱雑さも見られない。量もちょうどよかった。食材や料理法だけではなく、盛りつける量もひとりひとりの食欲や取るべきカロリーに合わせて変えているらしい。

「とにかく行き届いていて、これなら安心だと私も思いました。でも、さすがにこちらとは同列に語れません。父はもともと食い道楽な人ですし、こんなお料理を見せるのは……」

「そうでしたか……。配慮のないことを言って申し訳ありませんでした」

深々と頭を下げた桃子に、客は笑って答えた。

「お気になさらないでください。父とはホームでゆっくり過ごして、そのあとこちらに寄らせていただきます。父には申し訳ないですが、私自身の骨休めとして……」

「骨休めは大事ですものね」

「はい。あ、そうだ……その持ち帰りのお弁当って、明日作っていただくことはできますか？」

「え……？　あ、ごめんなさい。今はまだ準備中なんです。来月から始める予定なので、次にいらっしゃるときには間に合うかなって……」

「あ、そうだったんですか……」

客があまりにも残念そうなので、気になって理由を訊ねてみたところ、持ち帰り弁当があるなら姑へのお土産にしたいと言う。

桃子が心外そのものの顔で訊ねた。

「お姑さんって、あんまり快く送り出してくれないんでしょ？　それなのにお土産を買っていかれるんですか？」

「それなのに、っていうよりも、だからこそ、ですね」

姑はとにかく私の実家を嫌うのだ、と客はため息をつく。

『嫁に来た以上、実家はないものと思え』なんて、大上段に構えて、ろくに里帰りもさせてもらえなかった。子どもを産んだときですら、退院して一週間も経たないうちから戻ってこいと矢の催促だったという。

母が病に伏したときもろくに見舞いに行けず、夫の配慮がなければ、母の死に目にすら会えなかったかもしれない。そんなこんなで思うところは多いが、だからといって蔑ろにしていたら、姑との仲は悪化する一方となり、父との面会も叶わなくなる。

お土産を欠かさないのは、外から美味しいものを持ち帰って姑にも味わってもらうことで、なんとか次も外出を許してもらいたい一心なのだ、と彼女は説明した。

「昼ドラに出てきそうな鬼姑……あ、ごめんなさい！」

「いいんです。誰が聞いても『鬼姑』ですもんね。それでも夫の母に違いありません。あの人がいなかったら、夫もいなかった。そう思って我慢してます」

——これはもう悟りの境地だな……ってか、どれだけすごい旦那だよ……

そんな鬼姑には一生会いたくない。だが、この客の夫には会ってみたい。こんなにひどい姑の存在をプラスにとらえたくなるほどの夫なら、さぞや魅力的なのだろう。

「いつか、ご主人も一緒にお越し願えるといいのですが……」

彼女の夫への好奇心がダダ漏れにならぬよう選んだ言葉に、彼女はすんなり頷いた。

「そうですね……でも、そうなると姑もついてきちゃいそうです」

「あー……やっぱりそうなりますか」

「絶対なりますね。でもって、姑は私の父になんて会わないでしょうから、ずっとここに籠もりきり。夫も付き合わされて、父には会いに行けないでしょう。まあ、夫が温泉を堪能できるならそれもありかな……。もちろん、こちらのお料理もいただけますし」

もしも姑が早寝してくれれば、ふたりで晩酌を楽しむこともできるかもしれない、とあくまでも客は前向きだった。

こんな性格だからこそ、なんとかやってこられたのだろう。夫婦仲がよいことだけが救いだとしか言いようがなかった。正直に言えば、妻が姑とうまくいっていないとわかっているならもうちょっとなんとかしろよ、と腹立たしい。同居なんて解消してそのひどい姑こそ、特別養護老人ホームに入ってもらえばいいじゃないかとすら……

けれど、現状がわかっていても母親を突き放せないほど優しい夫だからこそ、妻にも配慮できるのかもしれない。目の前の客にしてみれば、さぞや複雑な気持ちだろうけれど……

独り身は独り身なりに辛いことも寂しいことも多いが、少なくとも章は自分の伴侶にこんな思いをさせずに済んでいる。それはそれで幸せなことに違いない。

なんだかこの客のおかげで章の考え方まで前向きになったような気がする。おそらくこの客は、家に帰ったらまた嫌な思いをするだろう。なんともやりきれない話だ……と考えながら彼女の顔を見ていた章は、そこでふと、彼女の父親の入居先を聞いていないことに気づいた。

この町で人気の特別養護老人ホームと言えば……と気になって訊ねてみたところ、やはり彼女の父親が入居したのも『すなはま』だと言う。

俄然張り切り出したのは、桃子だ。

「『すなはま』だったんですか！　あそこは本当におすすめです。施設長さんもすごくよい方ですし、うちの母も時々お世話になってるんですよ」

「そうだったんですか。じゃあ、うちの父がお母様にお目にかかることもあるでしょう。よろしくお願いしますね」

「こちらこそ！」

お互いに笑顔で頷き合ったあと、桃子はいきなり章を振り向いて言った。

「ねえ、大将。『すなはま』さんに仕出しお弁当を届けるんですから、こちらのお客様の分もなんとかなりませんか？　予行演習とかなんとか……」

『すなはま』の慰労会は年内におこなわれる。それなら持ち帰り弁当だって、少し早めに始めたっていい。『すなはま』が仕出し弁当のプレセールだとすれば、この客は持ち帰り弁当のプレセールだ。いずれも予行演習ととらえれば、十分ありだ、と桃子は言う。

持ち帰り弁当のプレセールなんて聞いたことはない。それでも、同じ施設の利用者とわかったせいか、桃子はもはや必死の勢いだった。

「わかった、わかった！　なんとかするよ！」

降参とばかりに両手を挙げた章に、客が慌てて言った。

「そんなご迷惑はおかけできません。お弁当は次のときで……」

そんな言葉に、桃子はさらに言《い》い募《つの》る。

「今回ちゃんとしとかないと、次があるとは限りませんよ！」

「そう……でしょうか……」

「絶対にそうです。それでご用意するのはお姑さんの分だけで大丈夫ですか？」

「あの……不躾ですけど、お値段は……？」

「ごめんなさい。それがわからないと話になりませんでしたね」

慌てて桃子がパンフレットを取り出した。安曇渾身の作を見た客は、ちょっと考え込んだあと、恐る恐るといったふうに口を開いた。

「こちらを三つお願いすることはできますか？　あ、お手間ならひとつで……」

「手間なんて気になさらないでください。それに、十も二十もとなったら大変ですが、三つなら余裕ですよ。どうせ大半はお店で出すお料理の横流しですし」

「桃ちゃん、横流しって……」

そんな言い方はないだろう、と呆れる章に桃子はぺろりと舌を出して言った。

「ごめんなさい。流用、でしたね。どっちにしても、そんなに大して手間じゃありません。ね、大将？」

「そのとおりです。うちはどっちかって言うと年齢層が高いお客様が多いですし、普段出している料理でお姑さんにも気に入っていただけるのではないかと思います。だから、手間はそんなに気にしていただかなくても」

「そうなんですか。じゃあ三つお願いします。そうすれば帰宅してから夕食の用意をしなくて済みますし」

ただでさえ旅行のあとというのは疲れる。しかも今回は自分が楽しむためではなく、父親を特別養護老人ホームに入れるための旅なのだ。それなのに、帰宅してから夕食の準備をしなければならないなんてどこまでひどい姑なんだ、と開いた口がふさがらなくなってしまった。

桃子が怒ったように言う。

「帰ってから夕食の用意って……お姑さんは全然家事をなさらないんですか？　ご飯の支度も？」

「朝や昼ぐらいなら……」

「朝や昼だけって、夕ご飯は……ああ、作り置きなんですね」

「そうですね。もしくは、夫が帰宅してから外食に行くとか」

「そうですか……。じゃあ、お弁当は三つってことで」

これ以上続けても、ひどい姑の話しか出てこない。本人は慣れきっているようだが、聞くほうが辛い。疲れてもいるようだし、早めに休んでもらったほうがいいだろう。

「ご家族を含めて、苦手なものとかございますか？」

「特には。なんでも食べてくれるので助かります。それで、受け取りはいつになりますか？　チェックアウト時でよろしいでしょうか？」

「お車でしたよね？　できればお父様のところに行ったあと、この町を出られる前に寄っていただけるとありがたいのですが……」

三人分ということは夫の分も含まれている。この客と姑が彼の帰宅を待つかどうかは定かではないが、少なくとも夫が口にするのは夕方以降になる。『ヒソップ亭』の料理には保存料など使われていないから、長時間の保存には向かない。冬場だし、保冷剤を詰め込んだバッグに入れて渡すにしても、作ってから食べるまでの時間は最小限に留めたかった。

「そうですね。そのほうがよさそうです。じゃあ……三時ごろお伺いします」

「かしこまりました。持ち帰り弁当を三つ、明日の午後三時受け取りでご用意いたします」

「よかった。これでお土産の心配もなくなりました。ぎりぎりまで父と一緒にいられます」

次はいつ会いに来られるかわからないのに、姑への土産を買うために父親と過ごす時間を切り上げるつもりだったのか。もはや章は、面会時間を一分一秒でも長くするために、特別養護老人ホームまで届けに行ってやりたくなるほどだった。だが、さすがにそれはやりすぎだし、本人も申し訳ない気持ちでいっぱいになってしまうだろう。

かくなる上は姑を満足させ、ぜひまた食べたいと思わせる弁当を作ろう。そうすれば、弁当食べたさに、この客が父親に会いに来るのを許してくれるかもしれない。

——そうだ、弁当だけじゃなくて……

客が満足そうに部屋に引き上げていったあと、章はスマホを取り出し電話をかけ始めた。


「あれ、どうした？　今日は随分早いな」

「おはようございます、支配人さん。なんか、大将から連絡をいただいて……」

そんな会話が聞こえてくるなり、章は『ヒソップ亭』の引き戸を開けた。

ちなみに時刻は午前十時。普段は午後三時半過ぎに出勤してくる安曇がこんな時間に現れたのだから、勝哉が驚くのも無理はなかった。

「安曇さん、頼んだものは揃った？」

「はい。なんとか全部揃いました」

「よかった……さすが東京だな。夜中まで開いてる店が多い」

「夜中までっていうか、二十四時間営業のスーパーですから、一日中開いてるんですけどね」

「そうか、二十四時間……まあいい。じゃあ、早速作業にかかろう」

「なにごとだよ、章」

「おまえとしゃべってる暇はないんだよ。安曇さん、手伝ってくれ」

「了解です」

なんだよなんだよ、と好奇心をむき出しにする勝哉を放置し、章は『ヒソップ亭』の中に戻った。持ち帰り弁当の引き渡し時刻まであと五時間、それまでに作業を終えなければならない。普段の仕込みと持ち帰り弁当三つ、そしておまけのデザートまで含めれば、ぎりぎりの時間だった。

持ち帰り弁当の味を上げるのは言うに及ばず、そこにデザートを加えることでさらに満足度を上げる。弁当箱の隅に果物やゼリーなどの一口デザートを添えるのではなく、別盛りで本格的なデザートをつける。電車やバスでの移動なら大変だが、自家用車なら多少嵩張っても問題ないはずだ。海の幸、山の幸をたっぷり詰め込んだ弁当に本格的なデザートまでついているとなったら、うるさい姑も黙らせられそうだ。女性が喜ぶ＝デザートというのは短絡的かもしれないが、あながち間違ってはいないだろう。現に昨夜の客も、ミントアイスクリームにチョコレートソースをかけただけのデザートであれほど喜んでくれたのだから……

昨夜の客が引き上げた瞬間、デザートをつけることを思いついたものの『ヒソップ亭』はデザートに凝る店ではない。デザート向きの材料が揃っていない上に、デザートは焼いたり冷やしたり固めたり、と時間がかかる工程が多い。今あるもので作れて極力時間がかからないものにするしかないか……と思いかけたとき、安曇を思い出した。祈るような気持ちで電話をしてみたところ、安曇はふたつ返事でいつもよりかなり早い出勤とちょっとした買い物を引き受けてくれた。

安曇がいれば、仕込みを任せて章は弁当やデザートに専念できる。偶然出勤日に当たった上に、出勤時刻まで彼女に予定がなかったのは大ラッキーだった。

「あ、スポンジが焼いてある……」

「ああ、昨日の夜のうちに焼いておいた。一晩寝かしたぐらいがちょうどいいからな」

そこで章の手元を見た安曇は、納得の表情になった。

「イチゴ……。なるほど、それでミントが必要だったんですね」

「最近は、普通の家庭でも彩りにミントを使ってるみたいだ。だからこそ、夜中でもスーパーで買えるんだろう」

「雑誌とかレシピサイトの影響かもしれません」

「かもな」

そんな会話をしつつも、章はペーパータオルを濡らし丁寧にイチゴを拭う。一方安曇は、とっくにエプロンを着けて仕込み作業にかかっていた。

「里芋はイカと一緒に含め煮でいいですか？」

「いや、今日は里芋だけで。そのかわり、いったん揚げてくれ」

「了解です。じゃあイカは？」

「分葱《わけぎ》とぬたに」

「分葱！　もう冬なのに、よくありましたね」

「ぎりぎり十二月ぐらいまでは手に入るよ。分葱は色合いがきれいだから弁当に入れると映えるかなと思って」

「確かに……って、お弁当を作るんですか？」

『すなはま』の仕出し弁当はまだ先のはず、と安曇は怪訝な顔をする。そういえば全然説明していなかったと気づき、大ざっぱに昨夜の客の話を伝えたところ、安曇は俄然張り切り出した。

「デザートまで作ってるのはそういうわけだったんですね。じゃあ、私は仕込みを頑張りますから、大将はお弁当にかかりきりでいいですよ。とにかくピカイチのお弁当を作ってください！」

「どうした、急に？」

「だって気の毒じゃないですか。実の親ならともかく、旦那さんの親とうまくいかないなんて」

「変わった考え方だな……」

夫の親なんて所詮他人だ。一般的には、実の親とうまくいかないほうが辛いのではないか、と首を捻る章に、安曇は平然と答えた。

「実の親は選べませんからね。選択の余地がないならうまくいかなくても仕方ありません。でも、旦那さんは自分が選んだ人でしょ？　お姑さんだって自分が選んだようなものです。そのお客さんの性格なら、選んだのは自分なんだから我慢するしかないって思ってそうです。旦那さんとうまくいってるなら余計に、お姑さんのことだけ我慢すればいいって……」

「そういうものかね」

「そういうものですよ。子どものころならともかく、大人になったら実の親とかかわらずに生きていくことはできます。結婚しちゃったら特に。でも同居してる旦那さんの親とかかわらないっていうのは無理です。きっと今までも散々我慢してきたんでしょう」

「それは間違いないね」

「だったら、少しでもいいほうに向かわせてあげたいじゃないですか。『ヒソップ亭』のお弁当が役に立つならそりゃあもう全力を注ぐしかないです」

「それはまあ言われなくてもやるけどね。そうじゃなければ、そもそもフライングを言い出したりしないし」

「ですよね！　じゃ、さっさとやりましょう。早くしないとババロアが固まらなくなります」

「ババロアだってよくわかったな」

手元に置いているのは拭き上げたイチゴ、さっき冷蔵庫を開けていたから中に生クリームがあることはわかっているはずだ。スポンジは焼いてあるし、飾りに使うミントまで加えても、そこから想像できるのはせいぜいイチゴのショートケーキだろう。

「ショートケーキだとは思わなかったの？」

「ショートケーキに使うにしてはイチゴが不揃いすぎます。クリスマスに備えてそろそろ出回ってきてますけど、まだちょっと高いですからね。それでも『はしり』だから使いたいと思って仕入れたんでしょ？」

「大正解だよ。小さく切って添えたり、ソースにするつもりで等外品を回してもらった」

「やっぱり！　そのままでは不揃いすぎてショートケーキには使えませんよね」

「いやいや、そんなもの使いようだ」

スポンジの間に挟み込むのはもちろん、上にだってスライスして飾るという手もある。決め手に欠けるぞ、と言う章に、安曇はにやりと笑って言った。

「じゃあ、そのボールはなんでしょうね？」

クスクス笑いながら安曇が指さした先にはステンレス製のボールがあった。中に入っているのは卵白に似た色合い、ただし卵白よりもかなり固そうな物質だった。

「それ、ゼラチンですよね？　ショートケーキには使いません。イチゴと生クリームとゼラチンときたらババロアに決まってるじゃないですか。セルクルの底にスライスしたスポンジを敷いて、イチゴのババロアを流し込んだババロアケーキですよね？」

ショートケーキほどふんだんに生クリームで装飾しないから持ち運んでも崩れにくいし、ホールタイプではなくグラスやプラスティック製のカップを使えばもっと楽だ。持ち帰り弁当に添えるのであれば、むしろプラスティックのカップが最適だろう。いずれにしても、イチゴのババロアとスポンジを重ねたデザートに間違いない、と安曇は断言した。

「デザートにも死角はなしか。大したもんだな」

料理についてしっかり勉強してきたことはわかっていたが、知識がデザートにまで及んでいる。さすがはいったん入った会社を辞めてまで料理人の道に入っただけのことはある、と章は感心してしまった。

だが、さらに続いた安曇の発言は、章をもっと驚かせた。

「実は私、パティシエを目指してたこともあったんです。っていうか、もともとはデザートから始まったんですよね」

「はあ!?　そんな細いなりをしてか!?」

「そうなんですよね……それで諦めました」

デザート作りは繊細さが要求されるし、そもそもデザートは女性が好む。だから女性のほうが向いていそうなものだが、実際のパティシエは男性のほうが多数だ。クリームを泡立てるにも、生地《きじ》を作るにもとにかく体力、いや筋力が必要とされるからだ。

「趣味で家でちょっと作るぐらいなら平気ですけど、職業として一度に大量に作るとなると私の腕では無理です。今は機械でなんでもできるとは言っても、手でやったほうがうまく加減できるし、専門学校では機械なんて使わないでしょうし」

ただでさえ専門学校に入るには遅い年齢だった。パティシエを目指して筋力作りからやる暇はない、ということでパティシエへの道は諦めたものの、今でもデザート作りは好きだし、暇があれば家でも作っていると安曇は語った。

「知らなかった……」

「そりゃそうでしょう。私が言わなきゃわからない話です」

「まあな……で、ババロアは作ったことあるのか？」

「当たり前じゃないですか。ババロアなんてデザートの初歩みたいなものです。さすがにスポンジと重ねてケーキにまではしませんけど、今でもイチゴだけじゃなくてキウイや桃、パイナップルなんかで作ってます。あ、ちなみにパイナップルは缶詰です。生だと固まりにくいですから。友だちにも好評なんですよ、私のババロア。舌触りが最高だって」

「そうか！　よし、じゃあチェンジだ」

「はあ!?」

驚いている安曇に泡立て器を渡し、場所を譲る。自分で作っても失敗はしないと思うが、ババロアを滑《なめ》らかに仕上げるのは案外難しい。生クリームをちょっと泡立てすぎただけで、ざらりとした舌触りになってしまうのだ。安曇が滑らかなババロアを作る術を会得しているなら、章が作る必要はない。スポンジはできているし、飾りつけはむしろ安曇のほうが女性好みに仕上げられるだろう。

「ついでに訊くけど、もしかしてパン作りにも手を出してた？」

「実は……」

「やっぱり！　うちはデザートがちょっと弱いし、パンに至ってはお手上げ。買ってくるしかないと思ってた」

大喜びしている章に、安曇が慌てて言う。

「私は筋力がなくてその道を断念したんですよ！」

「ケーキ屋みたいに大量に作るわけじゃない。うちの客数なんて高が知れてるんだ。趣味で作る量と大差ないよ。うちには電動ミキサーもあるし、生地をこねなきゃならないときは俺も手伝うし。これはもしかしたら『特製朝御膳』に洋食バージョンの登場か？」

「先走りすぎですって！　デザートもパンもただの趣味、お客様に出せるようなものじゃ……」

「まあまあ、それはおいおい様子を見て。今はとりあえずババロアを作ってみてくれ。ババロアなら自信があるんだろ？」

「それはまあ……」

「じゃあよろしく！　急がないと間に合わなくなる」

かくして章はデザート作りをさっさと放棄、いつもどおりの仕込み作業と持ち帰り弁当作りに取りかかった。


「うわぁ……かわいい！」

昼前に『ヒソップ亭』にやってきて冷蔵庫を覗き込んだ桃子が歓声を上げた。

透明なプラスティックカップに入ったババロアは一番底にスポンジ生地、その上に薄いピンクのババロア、真っ赤なソース、もう一度ババロアという四層構造になっており、トップにはホイップクリームとスライスされたイチゴ、ミントも飾られている。章ならど真ん中に盛り上げたであろうホイップクリームも、カップの端に寄り添う形で上品に絞り出されていた。

「手が込んでるなあ……」

カップの大きさに合わせてくりぬいたスポンジを底に敷いた上からババロアを入れ、少し固めてソースを重ねたあと、もう一度ババロアを流し込む。ただでさえ手間がかかる上に、カップの数だけ作業を繰り返さなければならない。ババロアに使うゼラチンは、常温でも固まってしまう寒天よりもずっと扱いやすいとはいえ、面倒なことに変わりはなかった。

なにより驚かされたのはババロアそのものの色合いだ。用意されたイチゴをソースにも使ったおかげでババロアのピンク色が濃くなりすぎず、上に飾りつけたイチゴとミントがくっきり映えていた。

「イチゴソースを真ん中に挟むなんてすごいわ。これならきれいなピンクを隠すこともないし、ババロアに使うイチゴを控えてもソースで風味を補えるし」

「ほんとだよな。安曇さんに任せてよかったよ。俺が作ってたら、ありったけのイチゴを使ってきつい色合いになってた」

『きつい』で留まれば御の字、どうかしたら下品の域に踏み込んでいた、と反省する章に、安曇は控えめな笑みを浮かべつつ言った。

「イチゴなんですから、そこまで下品な色になんてなりませんよ。でも、このやり方だとババロアだけを掬って味わうこともできますし、ソースと一緒に食べることもできます。上に敷き詰めちゃうと、どうしてもソース抜きでは食べづらいですから」

「おまけに真っ直ぐ底まで掬えばスポンジも一緒に食べられる。いろんな味わい方ができる。イチゴの赤とミントの緑でクリスマスっぽさもあるし、これは女子受け間違いなしのデザートよ」

「どうでしょう……見た目はきれいにできたほうだと思いますが、味は……」

デザートの難点は途中で味見ができないことだ、と安曇は不安そうにしている。それを待っていたかのように、桃子が言った。

「そこは味見でしょ！　大将、食べてみていいですよね？」

「はいはい、味見もせずに客に出すわけにはいかないもんな。安曇さんもそれを見越して小さいのも作ったんだろ？」

「実は……」

冷蔵庫には、プラスティックカップのほかにショットグラスが三つ入っていた。ショットグラスだけに容量はほんの一口程度、明らかに味見用だった。

「さすが安曇さん！　じゃあまずは……」

桃子はショットグラスにそっとスプーンを差し入れ、ババロアだけを口に運ぶ。しばらく確かめるように舌を左右に動かしていたあと、目を見張って言った。

「安曇さん、種も漉《こ》したのね！」

「マジか……」

慌てて章も食べてみた。ババロアはもちろん、その下のソースも滑らかで、舌が種をとらえることはなかった。

「歯の間に挟まることもあるし、万が一入れ歯を使ってたらやっかいだろうなって思って」

歯茎と入れ歯の間にイチゴの種が挟まる。章は入れ歯のお世話にはなっていないが、想像に難くない痛さだ。年寄りが食べるとわかっているのだから、最初から危険要素は除くべき、と安曇は言う。まさに、目から鱗だった。

「そこまで考えるなんてすごい。俺だったら、ただ刻んでがーっと潰してそのまま使っちまっただろう。ブドウならまだしもイチゴの種を漉すなんて考えもしなかった」

「イチゴの種のプチプチした感じが好きな人もいらっしゃるので、ちょっとした賭《か》けですけど」

「いやいや、いくらプチプチ好きでもこのババロアの滑らかさにはかえられない。見た目も味も完璧。脱帽だよ」

「安曇さんのデザートに、大将渾身のお弁当。うるさいお姑さんもちょっとは静かになってくれますね！」

「だといいですね」

桃子と安曇は嬉しそうに頷き合っている。

だが、章にしてみれば、あの客もうるさい姑もどうでもいい。安曇がこんなにデザート作りに長けているなんて思いもしなかった。それに気づかせてもらっただけでも、持ち帰り弁当をフライングした甲斐がある。いっそ料金を大幅値引きしてもいいと思うほどの発見だった。

いい酒や料理を揃えていても、デザートがない。あるいは簡単なものしかない店は多い。最近は女性だけではなく、男性でもデザートを欲しがる客が多い。呑んだあとは特に……

章もそのひとりだし、デザートのあるなしは食事の満足度を左右するとすら考えている。だからこそ、ないよりはましだ……とアイスクリームやシャーベットを品書きに載せているが、本当はもっと手の込んだデザートを用意したいのだ。

　とはいえ、本格的なデザートを作る時間はない。ただでさえ、勝哉たちに叱られてばかりなのに、この上休憩時間を削ってデザートなんて作り始めた日には、なにを言われるかわかったものではない。それがわかっているからこそ、デザートについては目をつぶってきたのである。

　だが、安曇がいれば話は別だ。本人は、ババロアなんて簡単だから……と謙遜するが、シンプルなデザートにこれだけ趣向を凝らせるのであれば、ほかは推して知るべし。筋力にしても、『ヒソップ亭』は一晩に何十人も客が押しかける店ではないのだから、問題にはならないだろう。

料理だけではなくデザートも旨いとなれば、これまでよりも客を呼べる。もしかしたらデザートだけを食べに来る客も出てくるかもしれない。いっそ昼下がりにティータイム営業を始めてもいい。『猫柳苑』に早めに到着したばかり、あるいは連泊の客の利用も見込めそうだ。

章だけでは無理でも、安曇の勤務時間を増やせれば十分可能なアイデアだった。

「これからは、デザートにも力を入れることにしよう」

決意を込めた言葉に、桃子が諸手を挙げて賛成した。

「そうしましょ！　そうだ、女将さんに頼んでハーブを育てさせてもらいましょうよ！　裏のほうに空いてる土地もあるし、お料理にも使えますから。ミントとかだったら簡単に増やせますよ」

「直植《じかう》えはヤバいよ。ミントは繁殖力が強いから、そこら中がミントだらけになっちまう」

「増えたらお茶にできていいじゃないですか。ヒソップは柳薄荷《ヤナギハッカ》、ミントも薄荷。ミントティーやミントを使ったデザートを名物にしちゃうって手も」

「なんかそれ、いいですね……ミントが生い茂る『ヒソップ亭』」

すごく絵になります、と安曇も大乗り気だが、勝哉に叱られまくる未来しか見えない。ミントを育てるならプランターで十分だ。プランターならふたつみっつ置いても邪魔にならないし、『猫柳苑』がミントに呑み込まれる心配もなくなる。

いずれにしても、デザートは『ヒソップ亭』の魅力のひとつになってくれそうだ。今後、どんなデザートなら人気が出るか相談し始めた桃子と安曇を見ながら、章は明るい兆しを感じていた。


ぎりぎりまで父親と過ごしたという客は、フライングの持ち帰り弁当を受け取って大急ぎで帰っていった。

翌日の昼下がり、スマホをいじっていた桃子が歓声を上げた。なにかと思えば『ヒソップ亭』の口コミ欄に書き込みがひとつ増えたという。

「いいですか？　読み上げますよ。『お料理は美味しいし、店員さんは親切。デザートにアイスクリームを出すところは多いけれど、ミントアイスが出てきたのには驚かされました。しかもよくあるチョコミントアイスではなく、あとからチョコレートソースをかけるタイプでパリパリになったチョコレートがなんとも言えない味わい。来月から始めるという持ち帰り弁当を試させていただいたけれど、一品一品手が込んだお料理で、ケーキ屋さんで売られているような本格的なデザートまで添えられていて文句屋の家人も大満足。また食べたいから買ってきてくれ、って頼まれました。こんなお弁当を気軽に利用できるこの町の人が羨ましいです』。これって絶対昨日のお客さんですよね！」

「文句屋の家人も大満足、か……。お姑さん、気に入ってくれたんだな」

「おまけに、また買ってきてくれ、ですよ！　これであのお客さん、堂々とお父様に会いに来られます」

「うん。よかったな」

「安曇さんにも知らせてあげないと！」

桃子は興奮しきった様子でスマホを操作する。きっと安曇にメッセージを送っているのだろう。

しばらくやりとりしたあと、一段落したらしき桃子はスマホを鞄に戻した。

「安曇さん、すごくほっとしてました。やっぱりすごく心配だったんでしょうね。翌日レビューを書き込んでくれるぐらい気に入ってもらえたのか、って感動してました。あと、年末の『すなはま』さんのお弁当にもデザートをつけてあげられないかって」

「あー……それな……」

そこで微妙に眉根を寄せた章に、桃子は怪訝な顔をした。

「どうしたんですか？　大将ならふたつ返事で了解してくれると思ってましたけど」

「つけたいのは山々なんだけど、デザートつきが当たり前になっちまうと予算的にきつくなってくるんだ」

昨日の客には心底同情した。少しでも姑の心証をよくしたくてデザートをつけることを思いついたが、イチゴや上等の生クリームを使ったせいで利益はほとんどなかった。本音を言えば、彼女は町の外の人間だし、次があるかどうかわからないのだから、と変に高を括っていたところもある。だが『すなはま』の仕出し弁当にも昨日と同等のデザートをつけるとしたら、経営的には相当苦しいことになってしまう。しかも『すなはま』はこの町にあるから、デザートつきであることが噂で町中に広がりかねないのだ。

ところが、桃子はなんだそんなことか……と一笑に付した。

「インターネットサイトにレビューを書かれちゃってるんですよ？　世界中の人が見られます。今更町の噂を気にするんですか？」

「いやあ……仕出し弁当の利用者は年齢層が高い人が多いから、ネットなんて見ないかなーと」

「甘いですよ。今時のお年寄りはインターネットぐらいサクサク使ってます」

気軽に外出できなくなれば、通販の利用を考える。自分の目で確かめられない分、店や商品のレビューに頼る人も多いはずだ、と桃子は断言した。

「うちの母ですら、テレビで美味しそうなお取り寄せグルメが紹介されていると『口コミはどうなの？』なんて私に訊いてくるぐらいです。自分で調べられなくても、家族に訊ねるってお年寄りはたくさんいるでしょう」

「そうか……手遅れか……」

「いっそ、仕出し弁当や持ち帰りを始めたときだけのサービスってことにしてもいいです」

「オープン記念特典とかいうやつか？」

「そうそう、それです。最初の一ヵ月だけ頑張ってサービスして、それからあとは別料金。なんならお店に食べに来てくれてもいいですよー的な？　いい宣伝になると思いますよ」

『ヒソップ亭』はこれまでろくに宣伝してこなかった。仕出し弁当にしても、パンフレットを町のあちこちに置いてもらっただけだし、そのパンフレットは手作りだから実質ただみたいなものだ。新しい企画を立ち上げるなら、多少の広告費は覚悟すべきだ、と桃子は説いた。

「反論の余地なしだな。年明けからどうするかは別にしても、『すなはま』さんの分はプレセール特典ってことにするよ」

「やったー！　そうと決まったら安曇さんに連絡しなくちゃ」

かくしてまた桃子はスマホを鞄から取り出し、女性ふたりの間でデザート企画会議が始まった。

なにかと考え込みがちな上に、自分さえ我慢すれば……とすべてを背負い込みそうになる自分に引き替え、このふたりはなんと能率的かつスピーディなことだろう。

もともと桃子は賢明で前向きな人だったけれど、そこに広告や料理の専門知識を備えた安曇が加わったことで、アイデアは豊富になり、企画の実行もよりスムーズになった。

性格的にも、桃子は賑やかで前に出たがるが、安曇はどちらかというと縁の下の力持ちタイプなので頭の押さえ合いになる心配もない。

――俺は料理を作るしか能のない、しかも無理無茶上等を地で行く人間だが、桃ちゃんは絶妙の匙加減で発破をかけたりブレーキをかけたりしてくれる。安曇さんっていう心強い料理人も来てくれた。このふたりに負けないように、三人ともちゃんと食っていけるように、俺がしっかりしないと！　まずはこの固い頭をなんとかしないとな……

じっとしていてはなにも変わらない。どんな状況であってもできることはあるはず。諦めたらそこで終わりだ。ふたりはそんな信念を抱いているのだろう。

「ミントの苗、探しておくね。プランターはいくつにする？」

そんな桃子の声が聞こえてきた。最初はメッセージをやりとりしていたのだが、少し前から通話に切り替わっていた。おそらくまどろっこしくなったのだろう。

しばらく聞くとはなしに聞いていると、今度はけたたましく笑う。

「そうそう、ヒソップは柳薄荷。猫柳も柳。柳は多少の風……ううん、台風並みの強風にだって負けないわよね！」

安曇の声は聞こえないため脈絡は不明だが、おそらくミントの苗から話が広がったのだろう。桃子の陽気な声に、さらに元気づけられる。

——楽しそうだなあ……それになんとも頼もしい、うちにはなくてはならないふたりだ。確かにヒソップも猫柳も柳だ。柳は風が強かろうが冷たかろうが、ちょっとやそっとで折れたりしない。とにかく旨い料理を作り、心を尽くして居心地のいい店にすることだ。そうすれば、客はたくさん来てくれるだろうし、このふたりだってずっとここで働ける、働きたいと思ってくれるはずだ。

しきりに笑い声を上げながら電話を続ける桃子を横目に、章は前掛けのひもをぎゅっと締め直した。

本作は書き下ろしです。

秋川滝美（あきかわ・たきみ）
2012年４月よりオンラインにて作品公開開始。2012年10月、『いい加減な夜食』（アルファポリス）で出版デビュー。著書に『居酒屋ぼったくり』『きよのお江戸料理日記』（ともにアルファポリス）、『放課後の厨房《チューボー》男子』『田沼スポーツ包丁部！』（ともに幻冬舎）、『幸腹《こうふく》な百貨店』『マチのお気楽料理教室』（ともに講談社）、『メシマズ狂想曲』（小学館）、『向日葵《ひまわり》のある台所』『ひとり旅日和』（ともにKADOKAWA）などがある。

湯《ゆ》けむり食事処《しょくじどころ》　ヒソップ亭《てい》2

第一刷発行　二〇二一年五月一八日

著者　秋川滝美《あきかわたきみ》
発行者　鈴木章一
発行所　株式会社講談社
東京都文京区音羽二-一二-二一
郵便番号　一一二-八〇〇一
電話　出版　〇三-五三九五-三五〇六
販売　〇三-五三九五-五八一七
業務　〇三-五三九五-三六一五

本文データ制作　講談社デジタル製作
印刷所　豊国印刷株式会社
製本所　株式会社国宝社

定価はカバーに表示してあります。

ISBN978-4-06-523211-8
N.D.C.913 271p 20cm